LAS CLAVES DEL TALENTO

Pablo Cardona

Las claves
del talento

La influencia del liderazgo en el
desarrollo del capital humano

EMPRESA ACTIVA

Argentina - Chile - Colombia - España
Estados Unidos - México - Venezuela

© 2002 *by* Pablo Cardona
© 2002 *by* Ediciones Urano, S. A.
   Aribau, 142, pral. - 08036 Barcelona
   www.empresaactiva.com
   www.edicionesurano.com

ISBN: 84-95787-17-2
Depósito legal: B - 35.471 - 2002

Fotocomposición: Ediciones Urano, S. A.
Impreso por Romanyà Valls, S. A. - Verdaguer, 1 - 08786 Capellades (Barcelona)

Impreso en España - *Printed in Spain*

Las claves del talento

Capítulo 1

«Qué duda cabe que después de estos años inolvidables de trabajo y compañerismo en la universidad estamos más preparados para entrar en el mundo laboral. Pero que nadie se lleve a engaño: la universidad no es la empresa. Se nos abre un camino lleno de oportunidades y de interrogantes, un camino que empezamos a andar con ilusión y también, por qué no reconocerlo, con algo de miedo y respeto. Quiero aprovechar para recordaros a los padres presentes en este acto de graduación que seguimos contando con vuestra experiencia y vuestro apoyo.»

Daniel acabó su discurso con palabras de agradecimiento hacia el claustro que había formado a la nueva promoción de Administración de Empresas. Tras sus palabras, un aplauso cerrado de los presentes llenó el aula magna de la facultad de Economía, donde se celebraba la ceremonia.

Finalizaban así, con la entrega de diplomas, el discurso del decano y un nuevo aplauso a los recién graduados, cuatro años de estudios, con sus tensiones, sus aventuras y sus noches inolvidables. Para ellos empezaba una nueva vida. Padres y alumnos empezaron a abandonar el local poco a poco, como si aún quisieran retener por unos instantes las vivencias de aquellos momentos.

Esa noche Daniel se reunió con sus amigos de clase en el bar Banderas, como hacían siempre en las celebraciones importantes. Los acompañaba Elena, la novia de Daniel, que estudiaba tercero en la misma facultad. Se conocían de pequeños, por los veranos pasados en el pueblo de Pineda de Mar, aunque salían juntos desde hacía poco más de un año, desde la fiesta del paso del ecuador de Elena.

Joaquín y Tomeu, compañeros de Daniel, iban con sus respectivas amigas; al parecer, no eran novias en el sentido que Elena lo era de Daniel. Joaquín había nacido en Manresa y Tomeu era de Palma de Mallorca. Los tres jugaron juntos en el equipo de fútbol de la facultad durante los últimos años de carrera.

—Dime, Tomeu, ¿cómo has conseguido engañar a los de International Consulting Group para que te fichen? —le preguntó, medio en serio, medio en broma, Joaquín, que todavía buscaba trabajo.

—Mira, para triunfar en la vida bastan dos cosas: la segunda es un buen currículo, y la primera, echarle un poco de cara —respondió Tomeu y se tocó la cara con la palma de la mano de una manera muy suya que provocó las risas de todos. Era bien conocida la «cara» que tenía Tomeu. Nada lo detenía, y era capaz de convencer a cualquier guardia urbano —*guri*, decían ellos— de que no se había saltado un semáforo en rojo contra toda evidencia.

—Pues yo prefiero el trabajo de Daniel —intervino Elena, con convicción.

Daniel había conseguido un empleo como ayudante del director administrativo en Texisa, una empresa textil ubicada en la ciudad de Terrassa, a pocos kilómetros de Barcelona.

—Tiene la ventaja de que no se largará por ahí, como hacéis todos los consultores, durante meses y meses. Mucho cuento y, total, lo único que hacéis son informes mientras los demás se encargan de las cosas de verdad. Y lo peor es que, la mayoría de las veces, las empresas ni siquiera hacen caso de lo que les aconsejáis los consultores —añadió Elena, y cogió la mano de Daniel por encima de la mesa.

—Estoy de acuerdo contigo —sonrió Daniel—. No tengo nada contra la consultoría, pero la verdad es que prefiero meterme cuanto antes en el mundo real. Al menos, en Texisa tendré problemas reales que solucionar y, quién sabe, quizás algún día dirigiré una parte del negocio. No es una empresa grande, y eso también me gusta. No me apetecía nada empezar en una de esas multinacionales en las que tienes que pasarte seis meses formándote para que, a continuación, te coloquen en cualquier rincón y no te den ninguna responsabilidad.

—Pues yo tengo unas ganas locas de ponerme manos a la obra —contestó Tomeu, sonriente, aunque algo molesto con tantas puyas—. ¿Sabíais que en septiembre iré a Grecia a trabajar en un proyecto que puede durar un par de meses? No sé cómo lo veis vosotros, pero para mí esto es vida…

—Ya nos contarás por email cómo te van las cosas por allí —intervino Joaquín—. Tal vez conozcas a una griega y no quieras volver…

Aquello no hizo mucha gracia a la amiga de Tomeu, que respondió a Joaquín con cara de pocos amigos y musitó algunas palabras sin apenas mover los labios, aunque todo apuntaba a que se trataba de expresiones malsonantes. Entonces Tomeu soltó una de sus sonoras carcajadas y enseguida el grupo se contagió, incluso su amiga, a quien le faltó tiempo para dirigir un guiño conciliador a Joaquín.

La conversación continuó aún un par de horas, animada por unas cuantas cervezas y por las divertidas historias de los tres compañeros sobre los mejores y peores momentos de la carrera. Cuando salieron del bar, al despedirse, los tres amigos se comprometieron a reunirse de vez en cuando para jugar a fútbol, como en los viejos tiempos.

Daniel y Elena se separaron de los demás. Era la una de la madrugada, pero aquel mes de junio Barcelona ofrecía ya a sus ciudadanos unas noches muy agradables para pasear por la ciudad.

—Estoy muy orgullosa de que hayas acabado la carrera y de que te eligieran presidente de la promoción, Daniel. Tu discurso ha sido impecable; he de reconocer que se me escapó alguna lagrimita... —susurró Elena muy cerca del oído de Daniel.

—No hay para tanto, mujer. Lo importante es que ya hemos acabado y que ahora empezamos otra vida. A ti sólo te queda un año. ¿Verdad que todo esto va muy deprisa? Durante algún tiempo pensé que la vida de estudiante iba a durar eternamente y, ya ves, se acabó. —Daniel andaba con paso distraído, y Elena lo miraba fijamente a la cara.

«Es cierto, todo ha pasado muy rápido», pensaba Daniel. Se acordaba como si fuera ayer de cuando empezó la universidad. Era el hermano mayor de la familia y no tenía muchas referencias sobre lo que se encontraría en la facultad, pero no le costó nada acomodarse al nuevo ambiente.

Como antes en el colegio, había destacado en todas las asignaturas y en deportes, no en vano lo nombraron capitán del equipo de la facultad el último año. Los compañeros lo apreciaban por su nobleza, e incluso solían halagarlo de vez en cuando. Con todo, él no les hacía mucho caso y se limitaba a sonreír o a seguir el juego como si se tratara de una broma.

En casa llevaban todos una vida normal, dentro de lo que cabía. Su padre era director de oficina en un banco y su madre se había dedicado por entero a ellos, lo cual no era poco. Tal vez por eso había cierto orden en la familia, a pesar de que Mónica, la segunda de los hermanos, cinco años más joven que él, estaba en plena adolescencia. El último era Guillermo, «Guille» lo llamaban, que había nacido mucho después; se llevaba diez años con Mónica. Guille era el preferido de Daniel, y muchos días este se las ingeniaba para jugar con su hermanito antes de la cena, aunque estuviera de exámenes, siempre que no hubiera partido.

—¿Hola? ¿Estás aquí? —preguntó de repente Elena—. ¿Has bebido más de la cuenta o qué?

—No, no —respondió Daniel, y se volvió hacia su novia con una sonrisa y un gesto de disculpa—. Sólo pensaba... La verdad es que lo de empezar a trabajar en serio es un buen reto. Y no es que me asuste trabajar, ya sabes que llevo dos veranos haciéndolo y este año he dedicado algunas horas por las tardes. No, no es eso. Debe de ser la responsabilidad, o algo así. No sé..., lo siguiente ya será casarse...

«No podías haberlo dicho mejor», pensó Elena. Le cogió la mano, le dio un beso y sonrió. Ella era la tercera de cuatro hermanos. Sus padres tenían una joyería-relojería en el paseo de San Juan y el negocio les iba bastante bien. Pablo, el hermano mayor, era profesor en una escuela de negocios de Barcelona y Jaime, el segundo, ingeniero de telecomunicaciones (un «teleco»), trabajaba desde hacía un año en una conocida multinacional de tecnología. Belén era la pequeña, y había estudiado con Mónica en el colegio.

—Eh, eh... que no he dicho nada —intentó rectificar Daniel, pero enseguida se dio cuenta de que era mejor no estropear el momento y de que, al fin y al cabo, lo dicho, dicho estaba. Dirigió una sonrisa de complicidad a Elena y cambió de tema—. ¿Sabes?, tengo ganas de que se note mi llegada a la empresa, de que se aprecie mi aportación. Tal vez te parezca un poco pretencioso, aunque ya sabes que yo no soy de esos. Pero, la verdad, después de tantos años de estudio quiero poner en práctica lo que sé, y aprender con el trabajo tanto como pueda. Creo que no aguantaría en un puesto en el que no me dejaran tocar nada...

—Bueno, bueno —lo calmó Elena—. No quieras comerte el mundo el primer día, ¿de acuerdo? Ante todo hay que tener los ojos muy abiertos, ser paciente y aprender a escuchar. Al menos, eso es lo que dice mi hermano Pablo, un consejo que le ha ido muy bien a Jaime. Creo que tiene un jefe muy bueno, aunque me ha contado que últimamente las cosas están un poco revueltas en su empresa. Espera a ver cómo te va durante este primer mes, antes de vacaciones. Irás a Pineda en agosto, ¿verdad? Seguro que Pablo pasará unos días con nosotros y tendrás ocasión de charlar con él.

—Supongo que sí podré ir, al menos un par de semanas. Mi jefe me ha dicho que a partir de la segunda quincena allí no trabaja ni la señora de la limpieza... Si me dan vacaciones, iré. Mis padres pasarán todo el mes, así que no habrá ningún problema. Y si está Pablo, perfecto, ya sabes que para mí es como un hermano mayor. Tengo muy buenos recuerdos de él cuando yo era un chaval y me llevaba a jugar a voleibol en la playa con los mayores del club náutico.

Aún pasearon un buen rato más por el centro de la ciudad antes de despedirse. Les hubiera gustado detener el tiempo y que aquellos momentos no pasaran, pero había sido un día lleno de acontecimientos y los dos se sentían muy cansados. Elena tenía que centrarse en los exámenes finales, pues los tenía ya encima, y Daniel empezaba a trabajar el lunes siguiente. Comenzaba una nueva vida para ambos, y se daban cuenta.

Capítulo 2

—No, estas referencias proceden de China —respondió Manuel, el ayudante de almacén de Texisa.

Daniel llevaba tres días en la empresa y ya conocía por encima los departamentos básicos de la central. La fábrica ocupaba la mayor parte del terreno, a las afueras de la ciudad de Terrassa. Allí confeccionaban sobre todo prendas deportivas: pantalones, chándals, bolsas de deporte y distintos modelos de fundas para raquetas.

La zona de oficinas se encontraba en un lateral de la fábrica y estaba conectada a ella a través de una pequeña puerta. Constaba de dos plantas y tenía entrada propia desde el aparcamiento. La decoración era más bien sobria y pasada de moda, pero el lugar estaba limpio y aislado del ruido de los talleres.

—Pero ¿cuál es la diferencia? Yo los veo iguales... —preguntó Daniel al tiempo que cogía un pantalón corto de color azul marino de la remesa china.

—Si quieres saber la verdad —confesó Manuel—, la diferencia mayor está en el precio: estos nos cuestan dos tercios de lo que nos cuestan los que producimos aquí, incluyendo el coste del transporte. El problema es que estos proveedores no son del todo fiables, ni en calidad ni en plazos de entrega. Por eso necesitamos mantener nuestra línea de producción aquí, en la fábrica.

—Entiendo —siguió Daniel; dejó el pantalón en su sitio y se acercó a unas cajas que contenían fundas para raquetas de tenis—. Manuel, ¿no es demasiado grande el stock de estas fundas?

—No sé —respondió el ayudante; había cierto desinterés en el tono de su voz—. Yo lo único que hago es organizar el almacén. La verdad es que esas cajas llevan varios meses en este rincón. Vete a saber, cualquier día me piden fundas y hay que estar preparados...

—Ajá —asintió Daniel, en voz baja. «¿Que hay que estar preparados...?», pensó. «Esto no se parece en nada a lo que hemos estudiado sobre el control de stocks o el *just-in-time*.»

Cuando comentó el tema de las fundas con Ernesto, su jefe, se encontró con una respuesta más bien cortante:

—Mira, ahora no es el momento de que arregles el mundo, ¿entiendes? Tenemos problemas con el almacén y para eso te hemos fichado. Pero sólo es cuestión de poner un poco más de orden allá abajo. Ese Manuel no se entera mucho, ya hemos confundido varios pedidos. Me gustaría tener un control más estricto de lo que entra y sale de allí.

—Entendido —contestó, algo contrariado, Daniel.

Durante la semana siguiente pasó muchas horas en el almacén, con Manuel, para repasar todas las referencias, sus procedencias y sus destinos. Poco a poco aprendió a distinguir el género de fabricación propia, que por lo general era de mayor calidad. Con el tiempo, llegó a reconocer también los distintos proveedores por pequeños detalles como las cremalleras, los cosidos y los cordones.

El género español tenía un acabado específico de los cordones, que, al parecer, se hacían en Elche: una pequeña cinta de plástico que impedía que el cordón se deshilachara. Otros proveedores, en cambio, se limitaban a hacer un simple nudo en el extremo del cordón.

—¿Y cómo sabes en cada momento cuánto producto tenemos de esto y de aquello? —preguntó Daniel en una ocasión, después de ayudar a Manuel en el reparto de varias cajas de pantalones a un cliente.

—La verdad es que lo tengo todo en la cabeza —respondió él, sin inmutarse—. Bueno, también hay unas fichas en el segundo cajón de mi mesa, pero no me fío mucho. Lo tenemos sobre todo para que se aclare el chico que viene por las tardes, cuando yo me voy. Como esos no están fijos, sin las fichas no sabrían qué hay ni dónde está. Si viene algún camión a última hora o hay un pedido urgente, han de ser capaces de arreglárselas. A mí no me hacen falta. Estoy siempre por aquí y sé lo que tenemos, ¿entiendes?

Mientras Manuel metía en el cajón los albaranes de unas partidas que habían entregado, Daniel le dirigió una mirada de incredulidad, como si se encontrara ante un extraterrestre.

—El chico de la tarde se encarga de poner al día las fichas. Cuando se encuentre con estos albaranes, sabrá lo que ha salido y lo apuntará aquí, ¿ves? —explicó el ayudante del almacén, y señaló una columna en una hoja, bajo la rúbrica «Salidas de almacén»—. Mira, aquí quedan algunos albaranes por pasar. Seguro que el muy vago no ha actualizado aún las fichas de la semana —concluyó Manuel, con el entrecejo fruncido. Daniel se dio cuenta entonces de lo que su jefe quería decir con aquello de «poner un poco más de orden allá abajo».

El mes de julio pasó rápido. En pocas semanas, Daniel elaboró un plan de distribución del material por zonas y diseñó una base de datos en el ordenador para controlar las distintas referencias. La propuesta gustó a Ernesto; con todo, le obligó a rehacer el sistema varias veces, y eso le costó muchas horas de fin de semana.

Finalmente, la primera semana de agosto Ernesto presentó el trabajo al dueño de Texisa, un hombre de más de sesenta años que había dirigido el negocio desde que su padre, el fundador, se había retirado, hacía quince años. Durante la presentación, a la que también acudió Daniel, Ernesto se adjudicó todas las medallas del nuevo sistema, incluso la paternidad de algunas ideas que había costado, y mucho, que aceptara.

El periodo de vacaciones se inició oficialmente el día 14 de agosto a las dos de la tarde, con una recepción en las oficinas. Daniel ya era conocido por los empleados y se sentía a gusto con ellos, en especial con Manuel, con quien pasaba muchas horas. En determinado momento de la recepción, el dueño de la empresa saludó afectuosamente a Daniel con estas palabras:

—Chico, creo que tienes un gran futuro en esta casa. Me ha gustado lo que has hecho en el almacén. —Ernesto, que se encontraba junto a ellos, esbozó una sonrisa algo forzada.

Esa misma noche Daniel se dirigió a Pineda con todo el equipaje de verano, tabla de *windsurf* incluida. Aunque no tenía muchas ganas, aceptó salir esa misma noche con los amigos, por ver a Elena sobre todo. Como otras veces, quedaron en el bar Orión, en un extremo de la calle Mayor, cerca de la plaza. Había una terraza muy agradable y amplia, que aún no estaba del todo ocupada por los turistas extranjeros. Jesús, el camarero, lo saludó tan pronto como lo vio:

—¡Vaya, cuánto tiempo sin verte! ¿Es que se te ha tragado la tierra?

—Es que trabajo, ¿sabes? —respondió Daniel.

—Ya era hora, hombre. A ver si siguen el ejemplo estos amigos tuyos que se pasan el verano al sol y tomando cervezas...

—Bueno, bueno —empezó a protestar Miquel, uno del grupo—. A ver si nos vamos a tener que ir al bar de Pepe.

—Venga, chicos, sentaos ya de una vez, que nos van a quitar las sillas —cortó Elena, y colocó un par de sillas de aluminio junto a la mesa de madera que habían escogido.

La conversación en el Orión fue de lo más entretenida, aunque, a decir verdad, resultó bastante superficial. Que si Fulanito salía con Fulanita o que si había salido al mercado una nueva tabla de *windsurf* que era lo último.

—¿A que no sabéis en qué trabaja Pedro? —dijo de pronto Miquel; se refería a uno del grupo que no se encontraba allí aquella noche—. Pues se ha metido de camarero en un hotel nuevo que han abierto en Blanes. Un día de estos tenemos que ir a visitarlo.

Daniel aún tenía en la cabeza su trabajo en

Texisa, de modo que no prestó demasiada atención a aquellas novedades. Con todo, le gustaba estar allí de nuevo, con sus amigos de juventud.

Más tarde, mientras paseaban a solas por la avenida de la estación, explicó a Elena los últimos acontecimientos en la empresa y cómo el dueño lo había elogiado a pesar de que Ernesto, su jefe, se había apuntado todo el mérito de su trabajo.

—Es una buena persona, y un auténtico empresario. Pero no estoy seguro de que su equipo directivo esté a la misma altura que él, empezando por mi propio jefe. No sé exactamente cómo explicarlo, pero no me da buena espina. Y no será porque yo no haya hecho lo que me pedía. Tú sabes cuántos fines de semana me ha estropeado el muy... Y todo por no tener claro lo que quería.

Elena asintió, lo comprendía. También ella le contó cómo le iban las prácticas de verano que hacía en una empresa de seguros. Nada del otro mundo. Y aunque no sabía qué clase de trabajo buscaría al terminar los estudios, sí sabía que no trabajaría en una empresa de seguros. También a ella, como a Daniel, le habían dado unos días de vacaciones.

—Por cierto —comentó Elena—. Pablo ha llegado hoy y pasará la fiesta de la Asunción con nosotros.

—¡Fantástico! —exclamó Daniel—. Dile que iré a buscarlo mañana al salir de misa.

Como de costumbre, siguieron el paseo por la zona antigua del pueblo, que desde hacía unos años estaba repleta de extranjeros, y finalmente se despidieron hasta el día siguiente.

Capítulo 3

Daniel y Pablo se encontraron a la salida de misa, en medio de una multitud de amigos y de familias conocidas de toda la vida. Tras los saludos de rigor a unos y otros, se dirigieron hacia una esquina de la iglesia para hablar con tranquilidad. La amistad entre ellos venía de antiguo, prácticamente desde que Daniel tenía uso de razón. Y aunque hacía tiempo que no se veían, pronto estaban hablando como si no se hubieran separado más de unas horas.

—Esto de ser «profe» debe de ser bueno para la salud. Nadie diría que has pasado de los treinta… —bromeó Daniel.

—No me irían mal unas canas, te lo aseguro —rió Pablo, que aceptó el cumplido con cierta satisfacción.

Quedaron para verse y charlar esa misma tarde, hacia las seis, y se reunieron de nuevo con sus familias, que se alejaban ya de la iglesia calle abajo.

A la hora convenida, Daniel se presentó en casa de Pablo, a tiempo para tomar un café. Allí estaba Elena, guapa y discreta como siempre. Y

Belén, mona también pero algo histérica, a pesar de que ya no era tan pequeña. Parecía no haber salido aún de la adolescencia, y en eso le recordaba un poco a su hermana Mónica.

«¿Qué pasa con la juventud de ahora?», se preguntó Daniel. «Parece que los congelan en la edad del pavo...»

Al cabo de media hora, Pablo se levantó, dio una excusa que no acabó de convencer a su madre y se llevó a Daniel. Bajaron rápidamente a la calle y se metieron en el coche de este último.

—¿Al club? —preguntó el conductor.

—Al club —respondió sin más Pablo, como si lo tuviera ya asumido.

Cruzaron la vía del tren por la estación y muy pronto llegaron al club. Allí estaba Paco, como siempre, que hizo un comentario en broma sobre la tez blanquecina de Pablo.

—Casi ni te reconozco. Tú que siempre lucías un bronceado color café con leche...

Atravesaron la zona de duchas, desierta a esas horas, se descalzaron y llegaron hasta la arena húmeda y dura, justo en la orilla, donde rompían las olas. De vez en cuando pasaba ante ellos gente que corría.

—Mira, las redes de voleibol están donde siempre. Con la de partidos que hemos jugado aquí... Aún recuerdo las técnicas que me enseñaste y lo bien que me fueron durante años;

era la admiración del grupo —comentó Daniel.

Caminaron por la arena hacia el norte, donde sólo aparecían, aquí y allá, desperdigados, algunos pescadores con las cañas plantadas en la playa. Daniel sabía que Pablo no tenía mucho tiempo y enseguida empezó a contarle su experiencia en Texisa.

—La verdad es que he empezado con muchas ganas, pero no sé si mi jefe me dará la cancha que necesito —terminó su relato Daniel.

—Todavía es pronto para saberlo —respondió Pablo; una ola más alta que las demás rompió a sus pies y los mojó hasta los tobillos—. Conociéndote, no te resultará fácil conseguirlo. Te gusta sobresalir, y no te ha ido del todo mal hasta ahora. Entiéndeme, no estoy en contra de que vayas a por todas, al contrario. Pero en la vida no siempre toca sobresalir. A veces hay que empezar por dentro, ponerse a construir bajo tierra; ya aparecerá con el tiempo el edificio. Sin este fundamento, la construcción sería poco sólida, ¿me explico?

—Sí, claro. Pero ¿qué hay de malo en que quiera mejorar la gestión de stocks cuando lo que tienen ahora es un desastre? —argumentó Daniel, mientras le daba una suave patada a una pequeña ola que apenas llegó a sus pies—. No han hecho una planificación seria de la demanda, y cuando se quedan sin piezas todo son prisas. Por otro lado, tienen muchas cajas muertas de risa, con piezas fabricadas por ellos mismos, además, y eso supone un incremento de los costes.

—De acuerdo —sonrió Pablo, y le dio una palmada en la espalda, como solía hacer, a modo de felicitación, cuando Daniel era pequeño y hacía una gran jugada en el campo de voleibol—. Pero ve más allá y piensa qué estás buscando con este plan. El talento que desarrolles dependerá no sólo de lo que vayas haciendo, sino también de las motivaciones que te mueven a hacerlo. Y esas motivaciones dependen de tu actitud ante el trabajo. ¿Por qué te interesa ese plan? ¿A quién le hace falta, a la empresa o a ti?

—En realidad no lo sé —contestó Daniel, pensativo—. Me imagino que quiero demostrar lo que valgo.

—Ya... —siguió Pablo—. Es normal. Todos necesitamos situarnos, poder interpretar nuestra posición en el contexto en el que nos movemos. Y para ello, aunque sea de manera inconsciente, buscamos *feedback*: que nos digan cómo lo estamos haciendo y, de paso, que valoren lo que hemos hecho.

—Es cierto —lo interrumpió Daniel—. Ayer me sentí muy dichoso cuando el dueño de la empresa me elogió delante de mi jefe. Deberías haber visto la cara que puso... Aún no me ha agradecido nada, a pesar de que he hecho lo que me pidió y más.

—El jefe tiene una influencia increíble en la formación del talento —continuó Pablo, como si no hubiera oído las últimas palabras de su amigo—. De cómo valore el trabajo de su gente y del *feedback* que les proporcione depende toda una cadena de efectos que se van reforzando y acaban por configurar un tipo u otro de talento.

—¿Podrías repetir eso? Creo que no te sigo —cortó Daniel con cara de extrañeza.

—Sí, mira. —Y Pablo se inclinó sobre la arena húmeda y dibujó unos cuadros conectados por flechas que formaban un círculo.

Figura 1. El círculo del talento.

—A medida que conocemos nuestro entorno de trabajo, desarrollamos una cierta interpretación (muchas veces inconsciente) de lo que somos y valemos en ese entorno. Dependiendo de cuál sea nuestra interpretación personal, nuestras creencias sobre nosotros mismos, conformamos una actitud u otra ante el trabajo. Aquí me refiero a una actitud de fondo, es decir, a una determinación estable ante el trabajo, no a si me levanto contento porque hace sol o triste porque está nublado. Eso sería el estado de ánimo, no la actitud. La actitud está basada en las creencias, ¿entiendes?

—Entiendo —se limitó a decir Daniel, mientras Pablo señalaba la siguiente flecha.

—Nuestra actitud de fondo es el pozo del que se nutre nuestra motivación concreta ante los requerimientos de cada momento —continuó Pablo. Una pequeña ola desdibujó parcialmente el gráfico, pero él lo volvió a marcar de inmediato y siguió sus explicaciones—. La gente no tiene motivaciones aleatorias, ¿sabes? Hay gente que tiene más determinación, más interés o más optimismo. Y también los hay que no se mueven ni aunque los empujen... Y no son necesariamente así luego, cuando salen del trabajo. Con sus amigos, en casa, etc., pueden ser totalmente distintos, si su actitud en ese entorno es diferente.

Pablo se volvió hacia Daniel y levantó las

cejas, como si estuviera a punto de anunciar la solución de un acertijo.

—Pues bien —siguió—, el talento que va desarrollando un trabajador depende de la motivación que haya detrás de sus acciones. El que no quiere no puede, y el que no se arriesga no aprende...

—Ya —asintió Daniel, aunque en realidad no captaba del todo el razonamiento—. Y ¿cómo sigue la rueda? —preguntó con la esperanza de entender mejor el asunto.

—Muy fácil —contestó Pablo—. La motivación y el talento (el querer y el saber) dan lugar a ciertas acciones que acaban produciendo unos resultados u otros. Y ahí es donde interviene el jefe.

—¿Dónde dices que interviene? —preguntó una vez más Daniel.

—Aquí, mira —respondió Pablo, y le mostró la flecha que unía resultados con conocimiento—. Tu conocimiento se alimenta de cómo valora el jefe tus resultados y del *feedback* que te proporciona. Este conocimiento, a su vez, refuerza o varía la interpretación que tenemos de nosotros mismos en el trabajo, y así empieza una nueva rueda. Por tanto, es aquí, en la evaluación, donde el tipo de dirección influye en los procesos internos de creación de talento. —Dibujó entonces una flecha más gruesa desde el centro hasta la evaluación. En el centro había dibujado simplemente un círculo con la palabra «dirección» en su interior.

—Ah, ya veo, creo… —confesó Daniel, algo dubitativo.

—No te preocupes —replicó su amigo con una sonrisa—. Ya lo irás comprendiendo mejor a medida que lo experimentes en tu propia carne.

Daniel y Pablo volvieron sobre sus pasos y, al rato, se encontraban de nuevo en el club. Aprovecharon para tomar algo y saludar a los viejos del lugar, que habían ido llegando a medida que transcurría la tarde. Empezaba a oscurecer cuando los dos amigos se despidieron en la puerta de casa de Pablo. Quería cenar aquella noche con su familia, pues se iba al día siguiente a Sudamérica a impartir un seminario sobre liderazgo y no volvería hasta septiembre.

Quedaron en verse por Navidad para comentar las experiencias del trimestre en Texisa. Por la noche, Daniel dibujó en un papel el círculo del talento que Pablo le había marcado en la arena y lo repasó mentalmente; se preguntaba cómo relacionar aquello con su experiencia en la empresa. Luego lo guardó en una carpeta azul que había utilizado en su último año de universidad y que ahora estaba vacía. «Si es cierto que la vida es la mejor universidad, tal vez debería empezar a guardar aquí las lecciones que me vaya dando», pensó mientras guardaba la carpeta de nuevo.

Las vacaciones transcurrieron con normalidad. Muchas mañanas Daniel se iba con los amigos a hacer *windsurf*. Algunas noches también salía con los del grupo, aunque prefería salir a solas con Elena. Les gustaba ir a Calella, el pueblo vecino, donde había mucho ambiente y, sobre todo, no se cruzaban tan a menudo con los de la pandilla.

«Parece mentira cómo ha madurado Elena —pensaba Daniel—. Aún me acuerdo cuando era una chiquilla y ni me fijaba en ella. ¿Cómo es posible que fuera tan ciego?»

Los días pasaban con rapidez y, casi de improviso, se encontraron a finales de agosto. A partir de entonces, Elena y Daniel se verían algunas tardes en Barcelona y, con el permiso de Ernesto y sus cambios de planes, también los fines de semana.

Capítulo 4

—¿Por qué hemos pedido este material? —preguntó extrañado Daniel a Manuel cuando se marchó el camión que había traído un montón de cajas de chándals hechos en China—. Ahora ya no lo necesitamos. Con lo que hemos sudado por entregar a tiempo lo que nos pedía El Corte Inglés... Pero estos no necesitarán más producto hasta fin de año.

—Esta partida la pedimos hace ya dos meses —respondió Manuel sin inmutarse—. Mira la etiqueta. Aquí lo dice...

Tras un mes trabajando con el nuevo sistema de control de almacén, Daniel había empezado a encontrar algunas causas del caos que reinaba en los stocks de Texisa. Para empezar, los criterios para realizar pedidos se basaban más en las existencias del momento que en las expectativas de demanda. Esto hacía que se pidiera producto que no hacía falta, mientras que el que se necesitaba con urgencia no llegaba a tiempo.

Por otro lado, no se tenían muy en cuenta los distintos tiempos de entrega de cada proveedor, y ello producía grandes trastornos. Por

ejemplo, los dos proveedores chinos más importantes tenían un sistema de entrega muy diferente y, sin embargo, recibían el mismo tratamiento.

Con la información recogida, Daniel propu-
so un plan de planificación de pedidos. Aunque
su jefe no estaba muy convencido, el director de
ventas apoyó el plan y, finalmente, con algunos
retoques del departamento comercial, lo aproba-
ron. Daniel había propuesto llevar él mismo la
gestión de pedidos; sin embargo, Ernesto con-
venció a la dirección de que en un principio debía ocuparse él personalmente de tomar las decisiones.

Daniel le apoyaría recogiendo los datos del
departamento comercial y de los stocks en el almacén. Esto fue un revés importante para Daniel, que había puesto bastante empeño en el
proyecto y se sentía capaz de hacerlo. Pero no
dijo nada y aceptó la decisión.

—Ha habido un descenso importante en la
referencia 334/01. Me temo que nos pueden hacer algunos pedidos importantes antes de Navidades. Los de ventas también lo creen. Tal vez
deberíamos pedir algunas cajas, por si acaso...
—sugirió Daniel a Ernesto, y le mostró unas
plantillas con números que acababa de sacar del
ordenador.

—Déjame ver —dijo Ernesto; se puso las gafas y se acercó un poco más a la mesa—. Ya, del

334... No te preocupes, nos tiene que llegar pronto una partida de Portugal. Son unos tipos nuevos, en prueba. Pero tienen muy buena pinta.

«¿Portugueses? —pensó Daniel—. La primera noticia... ¿Por qué no me habrá dicho nada antes, el muy...? Me habría ahorrado un buen trabajo.»

Daniel guardó su enfado para sí y, con cierta desgana, añadió:

—Así, nada. Ya veo que lo tiene todo controlado.

Ernesto sonrió mientras se quitaba las gafas y devolvía a Daniel los papeles.

—Sí, pero es bueno que estés alerta. Siempre se escapan detalles —concedió cándidamente.

Daniel se despidió de su jefe tan pronto pudo y salió del despacho.

Cuando a mediados de noviembre hubo una punta de pedidos del 334/01, el material de los portugueses aún no había aparecido. Daniel tuvo que llamarles y meterles prisa. A pesar de todo, sus cajas llegaron dos semanas tarde. El director comercial echó una bronca a Daniel.

—Ya te lo había advertido. Este retraso nos va a hacer daño...

Cuando Daniel fue a protestar a Ernesto, este le respondió, simplemente:

—Mira, a veces hay que tragarse los *marrones*. Pero esto no es el fin del mundo, ¿sabes?

Daniel salió furioso de su despacho. Esperaba que Ernesto asumiera la responsabilidad en lugar de dedicarle aquel sermón paternalista...

Cuando lo vio con aquella cara, Manuel se lo llevó a un bar cercano a tomarse una cerveza. Ya más tranquilo, Daniel le contó su frustración con Ernesto porque no le dejaba hacer nada y encima luego le dejaba los muertos...

—Mira, yo de ti no me metería en tantos líos. Llevo años aquí, ¿me entiendes? He visto pasar a muchos *potrillos* con ideas... Acaban quemados si no aprenden a tomarse las cosas con más tranquilidad. No digo que no sea necesario hacer cambios, pero tampoco hace falta ir a doscientos por hora...

A partir de entonces, Daniel empezó a tomarse las cosas con menos empeño. No sabía muy bien por qué, pero la verdad es que ya no le importaba tanto el tema de los stocks.

«¿Para qué seguirlos con tanto detalle si, al final, Ernesto hace lo que le da la gana?», pensaba, como excusándose. Además, aquel no era el trabajo más estimulante del mundo. A decir verdad, una vez montado el sistema y comprobado que funcionaba más o menos, lo demás era bastante rutinario. «Esto lo podría llevar Manuel si quisiera», concluyó.

Un viernes, a principios de diciembre, Ernesto le llamó al despacho. Necesitaba con urgencia los datos de unas referencias para compararlos con los de los dos años anteriores. Daniel los imprimió enseguida y se los llevó. Ernesto los miró con el ceño fruncido y, quitándose las gafas, señaló unas diferencias en la última columna.

—¿Ves esto? ¿Cómo no me has avisado? ¿Es que crees que puedo estar en todo? ¿Para qué crees que te pagamos? No te quedes ahí parado, como una estatua...

Era cierto. Tenían que haber empezado a producir determinado género al menos hacía una semana, pero a Daniel se le había pasado el dato. No sabía qué decir. Era la primera vez que le caía una bronca con razón y no sabía cómo reaccionar.

—Vamos a asegurarnos de que no metemos más la pata. Hazme un estado de situación del almacén a día de hoy y tráeme para el lunes una comparación de pedidos de los últimos dos años —dijo al fin Ernesto, cortando el silencio que se había producido—. El lunes a primera hora, sin falta, ¿OK? Lo repasaremos entre los dos, por si acaso.

Aquella noche Daniel se sentía furioso y, a la vez, frustrado. Era una extraña mezcla. Elena no lo había visto nunca así antes. Estaban cenando en un restaurante cerca de la céntrica plaza de Cataluña. Tras unos tímidos intentos, Elena había optado por no decir nada, pues prefería que Daniel se desahogara.

—Y lo peor es que nunca me ha agradecido nada, ese puerco. Sólo se fija en los fallos. Ah, eso sí: cuando la cagas, te las cargas. Para echar broncas sí que es bueno, pero nunca te parará por el pasillo para decirte: «Daniel, ¡qué bien lo haces!». No, eso no. No sea que el chico se lo crea demasiado...

Aquella noche fue difícil. Por fortuna, encontraron una buena película de acción, de las que le gustaban a Daniel y que Elena se tragaba a veces para complacer a su novio. En realidad, Elena no se podía quejar, porque la mayoría de las veces Daniel buscaba las películas que le gustaban a ella, y pretendía hacerle creer que también a él le gustaban. Ella, por supuesto, no era tonta, pero le dejaba hacer como si no se diera cuenta... Acabada la película, Daniel estaba más sereno y hasta recuperó algo de su habitual sentido del humor.

Daniel se pasó prácticamente todo el sábado trabajando. El lunes, Ernesto tuvo sus datos. Juntos, dedicaron al menos un par de horas a repasar todos los listados. De vez en cuando, Ernesto hacía preguntas cortas a Daniel, en lo que parecía más un examen que una comprobación. Al fin, terminaron, y no encontraron más errores. Sin embargo, Ernesto le pidió un resumen semanal de todos los cambios en el almacén. De esta manera, dijo, se aseguraría de que no habría más errores. Daniel asintió y, tras despedirse cortésmente, salió del despacho.

El resto del mes pasó sin pena ni gloria. Daniel se aburría cada vez más con su trabajo. Se limitaba a contabilizar entradas y salidas de stocks en el almacén, y a hacer los resúmenes semanales que le había pedido su jefe. Esto le dejaba bastante tiempo libre, sobre todo antes y después de comer, cuando no había mucho movimiento en el almacén.

A veces se sentaba en unas cajas que había cerca de la puerta, a charlar con Manuel. Otras, paseaba por la fábrica, observaba cómo iba la fabricación de algunas prendas y comprobaba que se cumplían los plazos. Ese trabajo no era necesario, porque en realidad correspondía al encargado de fábrica, pero era algo más distraído que estar en el almacén, donde raramente sucedían cosas.

El día 24, como era costumbre, hubo una copa de Navidad a mediodía para todo el personal de oficinas. Se podía decir que había sido un buen año para Texisa. Las ventas habían aumentado un 12 % y los beneficios un 8. El dueño dijo unas palabras de agradecimiento y felicitó a todos por su contribución a la buena marcha de la empresa.

—El potencial de Texisa está aún por explotar —repitió en varias ocasiones, como si fuera el estribillo de una canción.

«Y lo estará por muchos años», pensó Daniel, mientras se sumaba al aplauso de los presentes al final del discurso...

—Estás perdiendo forma rápidamente. ¿Es que ya no haces deporte? —preguntó Tomeu a Daniel mientras sorbía una jarra grande de cerveza con limonada.

—Si te soy sincero, creo que este trimestre no habré hecho deporte más que un par de veces —respondió Daniel, que había pedido un Gatorade y lo estaba vertiendo en un vaso alto.

Eran las seis de la tarde del 24 de diciembre y varios amigos de la universidad acababan de jugar un partido de fútbol-sala. Era el primero que jugaban desde principios de verano. Joaquín, Tomeu y Daniel tomaban un refresco en un bar cercano a las pistas.

—Pues yo he ido tres o cuatro veces por semana al gimnasio, allá, en Atenas —continuó Tomeu tras humedecerse un poco la boca, aún reseca por el esfuerzo—. International nos pagaba los gastos, así que había que aprovechar... Por supuesto, no hay nada como el fútbol, o el tenis, o cualquier deporte con una pelota. Pero al final te acostumbras. Y creo que nunca he estado en mejor forma que ahora. Aunque no lo creáis, estar en forma es parte del juego para subir en esta empresa...

—Tío, eso sí que mola —se entrometió Joaquín, que acababa de llegar de la barra con una cerveza—. ¿Te pagan también la discoteca? En ese caso, me apunto ya mismo... ¡Si vieras lo aburridos que son los de mi oficina!

Joaquín había encontrado finalmente trabajo a mediados de septiembre, como ayudante de contabilidad en una empresa inmobiliaria.

—Si no fuera por la secretaria, una gorda simpática de unos cincuenta años, aquello parecería un cementerio. A veces, en broma, me visto todo de negro para decir que estoy de luto...

Charlaron animadamente alrededor de una hora, como en los viejos tiempos después de los partidos en la universidad. Daniel les explicó sus iniciativas y frustraciones en Texisa. Joaquín contó cantidad de chismes de su oficina, de lo más divertidos. Pero lo más interesante fue lo que expuso Tomeu. Realmente era un trabajo excitante: estaban ayudando a reorganizar una empresa multinacional que se acababa de fusionar con otra. Al parecer, sobraba bastante gente y además tenían que unificar los sistemas de gestión.

Habían acabado en Grecia y tenían que ir a Portugal a principios de enero a hacer lo mismo.

Pero lo de Portugal era más complejo y su jefe buscaba nuevos consultores. El salario era bueno, por supuesto mucho más de lo que ganaban Joaquín y Daniel. Con estas perspectivas, quedaron en llamarse el día 27 de diciembre, después de San Esteban, fiesta en Barcelona, para ver si les podía interesar.

Capítulo 5

Daniel volvió a casa como borracho, y no precisamente por el Gatorade... Hasta ese momento, no se había parado a pensar en cambiar de trabajo. «Si no hace ni seis meses que he empezado...», se decía mientras se metía en el metro que le llevaba a su casa, en la calle Balmes.

Lo de viajar le gustaba, y también lo del gimnasio. Pero lo que más lo atraía era el tipo de trabajo: contrariamente a lo que había supuesto, el trabajo de Tomeu era superpráctico y tenía consecuencias importantes para la marcha de la empresa. Por el contrario, en Texisa, a pesar de sus esfuerzos, no le dejaban tomar decisiones. La verdad es que el nuevo sistema de control de stocks había mejorado la gestión del almacén, pero no todo lo que a él le hubiera gustado. Además, ya se había cansado de recoger datos para su jefe...

No tuvo mucho más tiempo para pensar en ello. La Navidad estaba al caer y, con ella, múltiples sensaciones y experiencias entrañables, que siempre habían atraído a Daniel. Él y Guille eran los encargados de hacer el belén; ya el fin de semana anterior habían comprado, en el mercado de Santa Llúcia, unos pastores nuevos y también un juego de lucecitas de colores. Aún había que montarlo todo, antes de la cena de Nochebuena...

Finalmente acabaron el belén y se sentaron a la mesa con los demás. Mónica estuvo mejor que de costumbre, y hasta se sumó a los villancicos después de cenar (lo cual no había hecho en años anteriores, porque decía que era una niñada...).

El de Navidad fue un día tranquilo, que siguió un plan ya habitual: misa de una y comida familiar (en casa de los abuelos por parte de madre) con una larga sobremesa en la que se formaban pequeños grupitos de tíos, primos y, por supuesto, las tías (que eran hermanas, lo cual era aún más evidente cuando se ponían a hablar juntas en una esquina).

En algún momento se cantaron también villancicos tradicionales delante del pesebre de los abuelos, que era muy sencillo, pues contaba únicamente con las figuras principales: la Virgen, san José, el Niño, la mula y el buey, y un angelote colgado de un hilo blanco sujetado por una chincheta al corcho que hacía de tejado.

Por la noche, ya en casa, Daniel recibió la llamada de Elena para felicitarle la Navidad. Enseguida, Daniel le contó su conversación con Tomeu y la posibilidad de cambiar de trabajo. Ella le dijo que sus padres querían invitarle a tomar café el día de San Esteban y que podría comentar el tema con Pablo.

—Sí, creo que me irá bien —contestó Daniel—. Tengo la cabeza hecha un lío, como nunca.

No pudieron hablar mucho más, porque Belén le quitó el teléfono a su hermana y pidió a Daniel que se lo pasara a Mónica. Ahí se quedaron las dos amigas, enfrascadas en una conversación que a Daniel le pareció interminable.

Al día siguiente, por la tarde, Daniel se dirigió a casa de Elena. Se encontraba a gusto en esa casa, como si fuera la suya. Era buen amigo de Jaime, sólo un año mayor que él, aunque siempre había salido con otra pandilla, la de su hermano Pablo; por otra parte, Belén pasaba días enteros en el cuarto de su hermana Mónica, y, en fin, Pablo era como su hermano mayor. Además, Elena era su novia… No tenía secretos con esta familia, que le quería como a uno más. Sin embargo, Daniel no comentó nada de la propuesta de Tomeu. No quería alarmar a nadie antes de hablarlo con Pablo y pensarlo un poco más.

Por fin llegó la oportunidad; tras las despedidas habituales (y de quedar con Elena para la fiesta de fin de año), se marchó con Pablo a un bar que estaba al otro lado del paseo. Daniel hizo un resumen rápido de los meses en Texisa y de la oportunidad que le ofrecía Tomeu para trabajar en International Consulting Group.

—No sé qué hacer —finalizó Daniel—. Sólo llevo seis meses allí, y no me parece bien cambiar de trabajo tan rápido. Además, ¿quién sabe?, tal vez con un poco más de tiempo me acabo adaptando en Texisa. Si sólo me cambiaran el jefe...

Pablo le cortó levantando la palma de la mano. Sacó de su bolsillo una hoja doblada con el gráfico que había dibujado en la arena el verano anterior. Daniel lo reconoció inmediatamente.

—Ah, tu famoso círculo... —exclamó Daniel.

—Exacto —dijo Pablo con voz calmada—. Veamos cómo lo aplicamos a lo que has vivido en Texisa. Empecemos: ¿qué valora tu jefe y qué *feedback* te proporciona?

—Muy sencillo —dijo Daniel—. Cuando haces las cosas bien, es como un muerto. Pero cuando haces algo mal, se despierta como si le hubieran puesto un cohete en el...

—Correcto —cortó Pablo, sin querer oír el final de la conocida frase—. Es el tipo de jefe más habitual. Aunque parezca increíble, un ochenta por ciento de los jefes son así. Yo lo llamo el jefe *termostático*.

—¿Termostático? —repitió Daniel, con cara de sorpresa.

—Sí. Funcionan como un termostato: están dormidos cuando todo va bien y se ponen en marcha cuando algo va mal... Sólo se fijan en los errores, y todo lo arreglan dictando con más detalle (y con más volumen, a gritos si hace falta) las tareas que han de hacer sus subordinados. Lo que corresponde a la casilla del conocimiento en este círculo, por tanto, son órdenes, tareas a cumplir, porque lo ha dicho el jefe. ¿Cuadra con tu experiencia?

—Cuadra que ni *pintado* —asintió Daniel, con sonrisa de complicidad.

—Pero esto produce una interpretación personal que es la de un *subordinado* —siguió Pablo, y escribió la palabra «subordinado» sobre la flecha que correspondía a la interpretación—. ¿Te das cuenta? Esta manera de dirigir produce un tipo de personajes que son como subpersonas: los subordinados... Los subordinados son aquellos que necesitan que les digan lo que tienen que hacer, cómo lo han de hacer y cuándo lo han de hacer. Lo increíble del asunto es que cuando salen del trabajo la mayoría son personas normales: tienen iniciativa para montarse sus vacaciones o para comprar un coche, y hasta organizan fiestas con los amigos o la familia. Pero al llegar al trabajo, se convierten en subordinados...

Daniel empezó a recordar cómo Manuel le

había contado sus últimas vacaciones de verano, con la familia, en los Pirineos. Había alquilado una casa por Internet y habían visitado varios pueblos con un grupo de amigos que se reunía cada verano. Manuel lo organizaba todo. Sin embargo, lo imaginaba una vez más en el almacén tirando horas y horas, sentado sobre unas cajas. Incluso se acordaba de su famoso consejo: «Mira, yo de ti no me metería en tantos líos...».

—Cuando las personas se ven a sí mismas como subordinados —decía Pablo— desarrollan una actitud *reactiva*. La actitud reactiva es lo más parecido a una máquina, que espera que alguien apriete el botón para ponerse en marcha... Si no les dices lo que tienen que hacer, no lo harán. Y lo peor es que, luego, los jefes piensan que sus empleados son *cortos*, unos incapaces, y que hay que estar encima de ellos para que hagan las cosas. Cuando es precisamente al revés: estar encima provoca esa actitud reactiva...

Daniel lo miraba absorto, con los ojos bien abiertos. Se daba cuenta ahora del proceso que había sufrido él mismo en sólo seis meses, y cómo la forma de dirigir de su jefe había conseguido crear en él aquella actitud reactiva, algo casi biológicamente contrario a su modo de ser... «¿Cómo es posible que se desaproveche tanto a la gente?», pensó.

—Qué pérdida de talento, de potencial.

¿Cuánto podrán subsistir las empresas que dirijan tan mal a su gente? —acabó diciendo en voz alta, como resumiendo sus pensamientos.

—En la medida en que la competencia aprenda a utilizar el talento de su gente, la empresa que no lo haga llevará las de perder. Pero eso aún tardará un tiempo... —respondió Pablo después de beber un poco de su refresco de cola *light*—. Sigamos, que aún no he acabado con el círculo. Como te expliqué este verano, la actitud es como el pozo de donde se nutre la motivación. Pero la única motivación que puede alimentar una actitud reactiva es la motivación *extrínseca*, aquella que sólo se mueve por lo que me dan desde fuera: el palo o la zanahoria... Esta motivación es como el botón de la máquina: para que el subordinado se ponga en marcha, le tengo que pagar más... o pegar más.

—Entiendo —respondió Daniel—. Llega un momento en el que todo se te hace tan aburrido que sólo estás ahí por el dinero. Créeme, eso es exactamente lo que me ha pasado a mí estos meses. Y que conste que yo empecé emocionado a tope... Ahora entiendo el comportamiento de Manuel. ¡Y yo que le criticaba y que pensaba que era un cara y un vago! —Sin embargo, para sus cosas, Manuel no era un cara ni un vago: era leal, daba la cara, se movía, tenía ideas, organizaba...

—¿Cómo puede ser la gente tan esquizofrénica? —exclamó Daniel en voz alta, como si se dirigiera la pregunta a sí mismo.

—No es esquizofrenia —contestó su amigo con una sonrisa y moviendo la cabeza en un gesto de negación—. Es la consecuencia de las propias creencias (la interpretación que hacemos de nosotros mismos en un contexto determinado) alimentadas por el *feedback* de los que te rodean. Este es precisamente el núcleo de lo que te intento explicar...

—Sí, ya lo veo, sólo que... en fin, que es muy fuerte —balbuceó Daniel—. Bien, sigue. ¿Cómo se conecta la motivación con el talento? —preguntó finalmente señalando la hoja arrugada de Pablo que estaba encima de la mesa.

—Muy fácil —respondió él—. El que no quiere, no aprende. Por eso, según sea nuestra motivación, desarrollamos un tipo u otro de talento. Las personas que sólo tienen motivación extrínseca desarrollan lo que llamo *talento dependiente*. Un talento dependiente es el de aquella persona con capacidad de hacer bien lo que le dicen y de no cometer errores. Los talentos dependientes desarrollan una especie de instinto de seguridad que les lleva a no arriesgar, a cubrirse las espaldas, a quejarse de todo (de modo que no tengan que hacer más que lo mínimo). Son talentos en busca del «cumplimiento». No es que lo hagan como haciendo teatro: se lo creen de verdad, que es lo malo. Se creen que van al máximo, que necesitan todo el tiempo para aquella tarea, que han de estar más seguros antes de tomar aquella decisión, que los demás hacen menos...

—Estás describiendo al ochenta por ciento de los trabajadores.

—No —se apresuró a rectificarle Pablo—. Describo al ochenta por ciento de los directivos, que son los que producen este tipo de talento. Los trabajadores son personas normales, si se les trata como a personas normales. Esto es lo más penoso... —Acabó de un sorbo su refresco, dejó el vaso en la mesa y continuó—: Y lo peor es que este círculo se refuerza: el talento dependiente busca la seguridad y, por eso, su acción está orientada al estricto cumplimiento de lo que le han mandado. De este modo, los talentos dependientes obtienen normalmente los resultados mínimos exigidos. Pero sus jefes sólo se fijan en los errores, dando un *feedback* que fortalece aún más toda la cadena. Es lo que llamo el círculo del talento dependiente.

Pablo acabó de escribir los nombres sobre el papel que había traído y se lo pasó a Daniel (figura 2).

Daniel miró pensativo el papel mientras bebía el último trago de su limonada. Era tarde. El tiempo se le había pasado volando. No habían

Figura 2. El círculo del talento dependiente.

hablado sobre el posible cambio de trabajo. Sin embargo, Daniel lo tenía más claro que nunca: no quería volver a un lugar que le estaba convirtiendo en talento dependiente. Intentaría entrar en la consultora, con Tomeu, aunque se le hiciera cuesta arriba lo de ir a Portugal. Daniel quiso pagar, pero Pablo no aceptó.

—La próxima, pagas tú —le animó con una sonrisa.

Se desearon un buen fin de año, y Daniel le prometió que le diría algo sobre el nuevo trabajo en cuanto lo supiera.

Los siguientes días fueron meteóricos. El 27, Daniel se entrevistó con Jorge, el jefe de Tomeu. Y el 28 tuvo otras dos entrevistas, la última con la directora de Recursos Humanos de International. El 31, lunes, le llamó Jorge a la oficina de Texisa. Le habían aceptado, y querían que empezara de inmediato, porque el 14 de enero se iban a Portugal.

Consiguió que le permitieran empezar el 7, después de la festividad de Reyes, para poder dejar las cosas en orden en Texisa. Esa misma mañana, la última del año, se lo comunicó a su jefe. Ernesto se quedó boquiabierto, con una mirada de incredulidad. No podía entender por qué se le iba Daniel justo cuando las cosas empezaban a ir bien entre ellos...

Capítulo 6

—No me lo puedo creer —dijo casi riendo Daniel a Elena en plena fiesta de fin de año.

Como de costumbre, los jóvenes de Pineda se habían reunido bajo una carpa gigante en lo que, durante el verano, era un cámping barato, más allá del campo de fútbol. La música casi no dejaba oír nada dentro de la carpa. Por eso, después de un buen rato en la pista, los dos habían salido fuera, donde había también otras parejas sentadas en bancos o bien caminando por la playa. Eran casi las dos de la madrugada y hacía algo de frío, aunque no molestaba, más bien se agradecía después del calor achicharrante de la carpa.

—No me lo puedo creer —repitió Daniel—. Por más que intenté explicarle el asunto, mi jefe se cree que me largo por dinero. ¿Es que está ciego o qué? Si tan sólo me hubiera dado un poco más de espacio ni me habría planteado dejar la empresa…

—Ya —respondió con dulzura Elena, mientras cogía a Daniel por la cintura—. Pablo me ha comentado que cuando preguntan a directivos qué es lo que les motiva en el trabajo, todos tienen múltiples motivos además del dinero. Pero cuando les preguntan qué es lo que motiva a sus subordinados, responden que sólo el dinero. ¿No es gracioso?

—No —dijo secamente Daniel—. No es gracioso porque según piensan, así te tratan. Y hace falta ser *cenutrio* para pensar que yo estaba en Texisa sólo por dinero... ¿Es que no veía la ilusión que le puse a lo de la gestión de stocks? ¿Por qué tanto empeño en atarme de manos? Pues ¿sabes qué? ¡Que les zurzan! —exclamó Daniel algo enfadado.

—Eh, que tampoco hay para ponerse así. No debe de ser sencillo eso de dirigir, ¿verdad? —indicó Elena, en tono conciliador.

—Es cierto —concedió él—. Me pregunto cómo lo haré yo si llego algún día a directivo.

—Llegarás —aseguró Elena, y le dio un beso en la mejilla...

El día 7 de enero Daniel se presentó en la oficina central de International, en la avenida Diagonal, cerca del centro comercial de El Corte Inglés. De todos los entrevistados, sólo le habían contratado a él. Los demás de la oficina, por tanto, llevaban ya tiempo en la empresa. Jorge, su jefe, había entrado en International al acabar el MBA, hacía

cinco años y medio. En su grupo, además de Tomeu, había dos chicos y una chica. Los chicos llevaban algo más de un año en International, y la
chica, Irene, había empezado con Tomeu hacía
seis meses.

Daniel encajó en el grupo enseguida. Durante esa semana, trabajó sin parar para ponerse al
día de lo que habían hecho en Grecia. Tomeu le
ayudó bastante, y los dos se quedaban hasta altas horas en la oficina, repasando datos y proce-
dimientos. Casi no tuvo tiempo de despedirse de
su familia ni de Elena antes de salir para Portugal.

Al igual que en las filiales de Grecia, se trataba de reorganizar las oficinas portuguesas de
las dos empresas fusionadas y de unificar sus sistemas de gestión. Sin embargo, aquel caso era
más complicado, pues varios departamentos se
centralizarían en Madrid para toda la península
y, además, la red de distribución también se uni-
ficaba con la española.

De la organización en Madrid se encargaba
otro equipo más potente, que llevaba ya varios
meses en el proyecto. Con ellos había que tratar
muchos de los temas y, en concreto, todo lo que
se refería a los sistemas de gestión, que estaban
mucho más avanzados en Madrid.

Las tres primeras semanas pasaron volando.
Jorge puso a Daniel con Irene en la reorganiza-

ción de los equipos de venta. Se dedicaron a recoger datos de clientes y se entrevistaron con los directores comerciales de las dos empresas. A principios de febrero, Daniel, Irene y Jorge elaboraron un plan para la recogida de datos sobre el terreno. Irene y Daniel se dividieron los equipos por zonas. A Daniel le tocó la mitad de Lisboa y la zona norte. También tenía que estudiar, para la zona norte, el tema de la nueva red de distribución y ponerse en contacto con el equipo de Madrid para coordinarlo con ellos.

—¿Cómo va lo de las oficinas? —preguntó Daniel a Tomeu nada más encontrarse en la puerta del club deportivo al que solían ir dos o tres veces por semana para jugar a *squash*.

Tomeu y los otros dos chicos estaban estudiando cómo reorganizar las oficinas centrales de las dos filiales. El tema era difícil y no tan bonito como en Grecia, entre otras cosas porque la mitad de las funciones se centralizarían en Madrid.

—Esto va a ser una escabechina… —contestó Tomeu con cara de circunstancias—. Aquí no se salva ni Blas… —Sin más comentarios, entraron en los vestuarios y cambiaron el tema de conversación. Empezaron a meterse el uno con el otro, como otras veces, y hacían apuestas sobre quién ganaría el partido. Por lo general, los partidos eran muy igualados, lo que daba más emoción al asunto.

En aquella ocasión ganó Daniel. Estaba eufórico por la victoria, pero, sobre todo, porque notaba que volvía a estar en forma tras varios meses sin jugar.

—Esto es vida —comentó a Tomeu ya en el bar del club—. Realmente te estoy muy agradecido de que me hayas sacado de Texisa. Ahí me estaba pudriendo sin darme cuenta...

—Hay distintas formas de pudrirse —fue la respuesta inesperada de Tomeu mientras bebía su clásica mezcla de cerveza y limonada.

—¿Qué quieres decir? —preguntó su amigo con extrañeza. No entendía cómo Tomeu podía salir ahora con aquello, con lo bien que se lo estaban pasando en Portugal. Se hizo un corto silencio, que a Daniel se le hizo eterno.

—Sabes quién lleva el equipo de Madrid, ¿no? —rompió el hielo Tomeu.

—Creo que sí. ¿No es ese tipo guaperas que se hizo un poco el gracioso en el bar aquel día, al poco de llegar yo a International? —preguntó Daniel.

—Sí. Seguro que es él. ¿Sabes por qué hace eso? —insistió Tomeu mirando a Daniel por encima del vaso.

Daniel hizo un gesto, encogiéndose de hombros, para dar a entender que no tenía ni idea. Entonces su amigo continuó:

—Es por Irene. Yo creo que nadie se da

cuenta. Ni siquiera Irene lo reconoce. Pero yo huelo a un gallito a varios kilómetros de distancia...

—Venga hombre. Tú siempre ves fantasmas donde no los hay. ¡Si te conoceré yo! No será que tú... —empezó a decir Daniel con una sonrisa maliciosa. Pero Tomeu le cortó cogiéndole la mano y diciendo seriamente, con una mirada de pocos amigos:

—¡Vete a la mierda!

—Vale, tío. Era una broma... —se disculpó Daniel. Y siguió, como para quitar hierro al tema—: Y ¿qué pasa con ese tipo? Andrés, se llama, ¿no?

—Sí, Andrés. Pues lo que pasa es que hay una lucha interna entre él y Jorge para ver quién consigue llegar a socio —respondió, ya más calmado.

—¿A socio? —repitió Daniel, que no comprendía del todo lo que acababa de oír.

—Exacto: a socio. Esta es la lucha que está interfiriendo en nuestro trabajo aquí, en Portugal. En Grecia no nos dábamos cuenta porque no había contacto entre los dos equipos. Pero ahora es una batalla abierta.

Daniel no podía creerlo. Con el tiempo que llevaba junto a Jorge y no se había enterado de la película...

—No me extraña que lo descubras ahora

—continuó Tomeu—. Jorge es buena gente y no va por ahí levantando chismes. Es legal y trabaja cantidad. Además, te ayuda y hace equipo. Pero Andrés lleva más tiempo en International y tiene camelados a algunos socios. No me sorprendería que se llevara el gato al agua, sobre todo si sigue mangoneando en nuestro proyecto desde Madrid.

—¿A qué te refieres? —volvió a preguntar Daniel, un poco alarmado.

—Bueno, tú no lo notas tanto con los equipos de ventas. Por eso te han puesto ahí, con Irene —contestó Tomeu—. El verdadero tomate está en oficinas. Es una verdadera lucha de poder, sin más motivo que llevarse lo máximo a Madrid para que se lo quede Andrés. Si fuera por sentido común, se podrían salvar muchas cosas, y gente, aquí en Lisboa. Pero Jorge ya lo ha intentado todo...

Daniel volvió deshecho al apartamento que compartía con Tomeu. No pudo dormir bien; se imaginaba a Andrés moviendo hilos en Madrid, mientras Jorge intentaba en vano explicar la situación de Lisboa. También recordaba las gracias de Andrés en el bar, el día que lo conoció. Sí, recordaba que Irene estaba allí y que se ruborizó un poco...

Tal vez Tomeu tenía razón y había algo entre ellos. Seguramente por eso Jorge había puesto a Irene con él en lo del equipo de ventas, que era un tema bastante independiente de Madrid... Finalmente, le venció el sueño y ya no se despertó hasta que sonó el despertador.

Daniel pasó los dos días siguientes en Oporto, con dos equipos de ventas de la zona. El sábado se quedó en la ciudad para hacer un poco de turismo y volvió el domingo por la mañana. Tomeu se había ido a Madrid con Jorge y los demás del equipo de oficinas, y no volvían hasta el martes.

Como de costumbre, Daniel fue a misa de una a una iglesia cercana a las oficinas de International en Lisboa. Esperaba ver allí a Irene, que también solía ir a esa hora los domingos. Efectivamente, ella ya estaba en la iglesia. Daniel la vio y cruzó varios bancos hasta situarse junto a ella. A la salida, decidieron ir a comer juntos a un bar del casco antiguo, donde a veces se reunían con Jorge para hacer planes.

Pasaron un buen rato, durante la comida, hablando de cómo iban las cosas en sus respectivos equipos de ventas. La verdad es que, en el norte, las cosas estaban mejor organizadas que en el sur. Irene tenía bastante sentido común para su edad (veinticuatro años, igual que Daniel), y sabía detectar los problemas a la primera.

—Yo creo que hay varios vendedores apoltronados en las dos empresas —dijo como resumen de su análisis—. Hay mucho potencial porque la competencia es débil allá abajo. Si se unen con un poco de criterio y no se pelean entre ellos, pueden crecer mucho. Pero va a costar que acepten los cambios...

Salieron del bar. Con la tarde por delante y sin otros compromisos, decidieron visitar la zona de la desembocadura del Tajo. Tras pasear un rato al lado del río, se metieron en la iglesia de los Jerónimos, una verdadera joya. Luego fueron hacia la Torre de Belén y se sentaron en un banco cercano, en una zona ajardinada, con cicas.

Al poco, Daniel dio un giro a la conversación y contó a Irene su conversación con Tomeu. Irene se quedó pensativa, mirando al Tajo. De repente, Daniel se dio cuenta de que no debía haber sacado el tema. Irene se estaba conteniendo, como si le hubiesen hecho daño...

—Perdón, yo no quería..., yo no sabía que... —balbuceó Daniel, sin saber qué hacer. Luego, sin darse mucha cuenta, pasó el brazo por la espalda de Irene, le apoyó la mano en su hombro y movió ligeramente a Irene contra sí. Irene dejó hacer y no dijo nada...

En aquel momento Daniel hubiera querido tener a Andrés delante para decirle cuatro cosas. Daniel se sentía furioso, y también apenado por

Irene, que era una buena chica. Sí, realmente Irene era una chica encantadora: guapa, lista, alegre y, sin embargo, sencilla... De repente, Daniel sintió que quería a Irene, algo que nunca se le había pasado por la mente ni por el corazón. Allí estaban, en silencio, los dos solos. Le daría un beso... Pero ¿qué estaba pensando? ¿Cómo iba a hacer algo así él, que tenía novia? Rápidamente sacó el brazo de su hombro y se levantó.

—Vamos —dijo, en tono algo seco—. Te acompaño a tu apartamento. Tengo que acabar unos resúmenes de los equipos de Oporto para mañana.

—Sí, será mejor —contestó ella, más calmada, tocándose la punta de los ojos imperceptiblemente con el dedo índice.

De vuelta, Irene contó a Daniel que Jorge estaba entre la espada y la pared, y que posiblemente dejaría la empresa en breve. Ya en la puerta, Irene agradeció a Daniel su apoyo y su amistad, y se dieron un beso de despedida, como hacían otras veces, sin más. Sólo que, esta vez, a Daniel le pareció que Irene se lo daba en serio.

Capítulo 7

Poco antes de acabar el proyecto en Portugal, ya casi en Semana Santa, Jorge reunió al equipo en la sala grande de las oficinas de International y les comunicó que se iba de la empresa. Le acababan de hacer una buena oferta como director general en una empresa de juguetes, con base en Barcelona. Él tenía a su familia allí y, según les dijo, quería compaginar mejor el trabajo con su vida familiar. Les aconsejó trabajar mucho, pero sin caer en las dinámicas de tiburones propias de algunos jefes...

—No os dejéis dominar, no vale la pena —les aconsejó. Aquello no lo entendieron mucho, pero se les quedó grabado.

La última noche en Lisboa hicieron una despedida a Jorge. Se notaba que la gente lo apreciaba. Realmente se había dejado la piel por ellos; siempre daba un tono de optimismo al equipo. Por eso, luego podía exigir, y lo hacía. «¡Vaya si lo hacía! —pensó Daniel—. He trabajado mucho más aquí que en Texisa. Pero esto es otra cosa: aquí me siento responsable y tengo libertad de movimientos. Sin duda, es un buen jefe», se dijo Daniel mientras la gente brindaba por Jorge y por su nueva trayectoria profesional.

Daniel tuvo pocos días de fiesta en Semana Santa. Los aprovechó para ir con su familia a Pineda. No vio casi a los amigos. Por las tardes, después de los oficios, salía con Elena hasta la hora de cenar. Necesitaba estar con ella. En aquel momento sentía que la quería más que antes o, al menos, que la quería con más madurez: se daba cuenta de que sus sentimientos eran volubles y que debía cuidar más su relación con ella para que el corazón no le traicionase. Le contó muchas cosas de Portugal y de la gente con la que había trabajado, tanto de International como de los equipos de ventas que había visitado. Pero nunca le mencionó aquella tarde en el Tajo, con Irene.

Acabadas las vacaciones, tuvieron una reunión en Barcelona con Andrés, el nuevo socio de International. Él se ocuparía de finalizar el proyecto de Portugal, que se llevaría desde Madrid. Estarían en la capital española de lunes a jueves, y el viernes se reunirían en Barcelona con otros equipos que llevaban la fusión en otros países, básicamente Francia e Italia.

«Fantástico —pensó Daniel—. Así podré estar los fines de semana con Elena.» Tras la experiencia en Portugal, no quería volver a pasar una temporada larga separado de su novia. «Además —se dijo, con una leve sonrisa—, me hará ilusión eso de pasearme por el puente aéreo, como los *yuppies...*»

Ya en Madrid, se pusieron a trabajar con el equipo de Andrés para coordinar las operaciones españolas y portuguesas que, menos en ventas, se llevarían desde la oficina española. En tres meses debían tener listos los sistemas y la propuesta de organización, de manera que se pudiera hacer la reorganización durante el verano. Andrés había dividido las tareas, y tenía objetivos muy claros para cada uno. El proyecto era tan importante que Andrés señaló unos bonos apetitosos para los que cumplieran sus objetivos en el tiempo marcado, antes de junio.

—No está mal, ¿verdad? —dijo Tomeu a Daniel mientras abría el frigorífico.

Como en Portugal, compartían un pequeño apartamento, a diez minutos caminando desde el Bernabeu, el estadio del Real Madrid. Estaban en la cocina, donde habían preparado una cena típica de estudiante: una pizza y unas Coca-Colas.

—A mí me parecen unos objetivos relativamente fáciles de cumplir. Y, sin embargo, es un buen pellizco. Estoy pensando en largarme a Cuba o a algún lugar así en verano. ¿Qué harás tú con el dinero?

—Yo qué sé —dijo distraídamente Daniel mientras cortaba un trozo de pizza—. No sé de dónde sacas lo de que los objetivos son fáciles. Siempre lo parecen cuando hablas de sistemas. Pero ya sabes cómo se complican las cosas luego. Me daría con un canto en los dientes si acabamos antes de agosto...

—Tú siempre tan negativo —respondió Tomeu, y cerró el frigorífico con una leve patada—. Haz lo que quieras, pero yo te aseguro que consigo mi objetivo, aunque tenga que pasar por encima de los *madriles*.

Desde hacía tiempo, el grupo de Portugal llamaba así a los que trabajaban con Andrés en Madrid. Estos, a su vez, llamaban a los de Portugal *lusos*, nombre que habían cambiado a continuación por el de «ilusos». Los lusos respondieron llamando a los otros los «mandriles». Finalmente, los dos grupos hicieron las paces y volvieron a sus nombres originales.

Las semanas que siguieron fueron frenéticas. La gente se quedaba hasta altas horas de la noche; algunos trabajaban solos ante el ordenador y otros en pequeños grupos, discutiendo. Daniel y Tomeu habían decidido quedarse en la oficina cada día hasta que se marchara Irene, y luego la acompañaban a su casa. Ella no decía nada, pero se notaba que agradecía aquella protección.

Cada jueves por la tarde había reunión con Andrés, que repasaba los avances y preparaba la reunión de Barcelona del día siguiente, con los equipos de otros países. Lo bueno era que el viernes a última hora se volvían cada uno a su lugar, y el fin de semana quedaba intacto para Daniel hasta el domingo por la noche, cuando Irene, Tomeu y él cogían el puente aéreo hacia Madrid.

Sin embargo, a mediados de mayo Andrés empezó a apretar el acelerador en una de las reuniones de los jueves.

—No digo que lo hagáis mal —expuso, refiriéndose a los lusos—. Pero necesitamos tener los datos de los clientes organizados por producto con las cuentas consolidadas de las dos empresas. Eso ya os lo hemos dicho hace tiempo, y nos está retrasando el plan de distribución de la zona. Lo necesitamos, como siempre, en nuestro sistema, claro. Y vosotros —dijo ahora refiriéndose a los madriles— ¿queréis de una vez dedicar un poco de tiempo a enseñarles cómo queremos que nos pasen los condenados datos? Si no, luego vamos a perder más tiempo todos...

Había algunas incompatibilidades entre los sistemas, que no se pudieron resolver completamente, con lo que los lusos tendrían que pasar a mano miles de datos. Esto les iba a costar varios días, sobre todo a Daniel y a Irene, que llevaban

71

los equipos de ventas. Pidieron ayuda a los otros tres, y Tomeu echó una mano durante un par de días, pero luego les dijo que no daba más de sí, porque sus objetivos se estaban retrasando demasiado y que a ese ritmo no llegaría ni trabajando todos los fines de semana de junio. Hacía una semana que ya no iban a jugar a *squash* por falta de tiempo.

—Eres un egoísta que sólo va a su rollo —recriminó Daniel a Tomeu en la cocina de su apartamento. Eran las once y media de la noche y aún se querían quedar a trabajar algo más antes de irse a dormir.

—Calla la boca ya, ¿quieres? —le contestó Tomeu—. ¿Es que no ves que no puedo ni con lo mío? Yo no tengo nada que ver con esos estúpidos datos. A mí me toca reorganizar las oficinas de Lisboa, ¿entiendes? Y a este paso no acabo ni en julio. Esos datos los tendrían que pasar los madriles, que para eso han montado el sistema y, además, son más que nosotros. ¿Sabes qué? Estoy seguro de que Andrés lo ha planeado todo para castigar a Irene por su falta de *cooperación*...

—¡Vaya mierda! Ya no aguanto más a ese hijo de... Y yo qué tengo que ver con todos esos líos, ¿eh? ¡Dime!

Daniel puso los pies encima de un taburete, cogió una servilleta de papel y se la colocó encima de la cabeza, de modo que le cubría la cara. Tomeu lo miró desconcertado.

—Pero ¿qué haces, Daniel? No te irás a hundir ahora... Eh, venga. De acuerdo. ¿Me oyes? ¡He dicho que de acuerdo! Te ayudo. Pero me has fastidiado los objetivos, que lo sepas... —dijo; le quitó la servilleta a Daniel y se sentó junto a él.

Se quedaron un rato más, cenando en silencio. Daniel se fue reponiendo poco a poco. Luego se trasladaron a la sala de estar. Tomeu apagó su portátil y se puso a ayudar a Daniel. A la una y media de la madrugada, agotados, decidieron irse a dormir.

Cuando, por fin solucionaron el tema de los datos, habían perdido prácticamente una semana y era obvio que no iban a conseguir los objetivos. Como cada jueves a las nueve de la noche, los tres amigos estaban cenando en un bar de tapas del aeropuerto de Madrid, mientras esperaban para embarcar en el puente aéreo. Irene los sorprendió con su comentario:

—¿Sabéis qué? Que dejo International a finales de mes. Hoy se lo he dicho a Andrés que, como siempre, ha hecho una broma estúpida sobre el tema. ¡El muy gili...! Lo fuerte es que no se da cuenta, o no lo quiere admitir, que me voy por su culpa. Si estuviera Jorge en lugar de Andrés, ni me lo hubiera planteado... —El anuncio

73

de Irene cayó como un mazazo. No se lo esperaban.

—Haces muy bien, Irene. Aquí lo pasarás mal mientras esté Andrés. Llega un momento en que es mejor dejarlo. Pero ¿tienes otro trabajo ya? —preguntó Tomeu con interés.

—No. Ahora no tengo tiempo para nada, y menos para buscar trabajo. Con un poco de suerte, en julio encontraré algo. Me gustaría trabajar en Barcelona o cerca. Estoy un poco harta de ir por ahí todo el día... tan vulnerable.

Aquellas últimas palabras se le escaparon en un tono casi imperceptible, aunque los dos las oyeron. Les costó un tiempo entender lo que Irene quería decir, pues ella no dijo más. Tras un breve silencio, Tomeu, para quitar hierro al tema, salió con un tono algo bromista:

—Pero nosotros te hemos cuidado, ¿no es cierto, Daniel? —Él se sintió molesto por el comentario y no contestó nada.

Al llegar a casa esa noche, Daniel empezó a pensar que tal vez él tampoco quería continuar en International. Es cierto que había aprendido mucho y, en ciertos aspectos, se lo había pasado mejor que en Texisa. También estaba claro que le habían dado bastante autonomía, y que había podido utilizar su iniciativa y creatividad, todo lo contrario a lo que ocurría en su anterior empresa. Pero no era ese el problema...

No entendía muy bien por qué, pero algo fallaba en International. Algo gordo. No se trataba de Andrés ni de su comportamiento poco ético con Irene (aunque el ambiente general promocionaba este tipo de comportamientos). Era otra cosa, algo relacionado con el tipo de dirección, que provocaba una actitud egoísta, agresiva y... poco eficiente. Sí, era algo relacionado con el círculo famoso de Pablo, aunque no sabría explicar por qué. Tenía que hablar con él cuanto antes...

Al día siguiente tenían partido. Desde que Daniel y Tomeu habían vuelto de Portugal, trataban de jugar al fútbol-sala algunos sábados por la mañana con los amigos de la universidad. Era una buena forma de cortar con el trabajo y de hacer algo de deporte. Aquel día, sin embargo, Daniel no estaba especialmente fino. No había dormido bien, pensando en los problemas que veía en International y en si debía abandonar la empresa. Durante el partido parecía estar en otro planeta.

Cuando terminó, como de costumbre, Daniel, Tomeu y Joaquín se sentaron a tomar un refresco. Joaquín fue directo al grano y preguntó a Daniel:

—A ver, ¿se puede saber qué te pasa? Hoy no dabas pie con bola...

—Yo sé lo que le pasa —intervino Tomeu—.

Que ayer Irene nos dijo que se iba de International y eso le ha dejado tocado. ¿Me equivoco?

—No es sólo eso, Tomeu —contestó, pensativo—. Claro que me afecta lo de Irene. Pero hay algo más: no me gusta cómo se dirige en International. No me gusta cómo se fomenta un ambiente competitivo exagerado y egoísta. No creo que sea la mejor forma de tratar a la gente. Todos van como locos a conseguir sus propios objetivos, y ni siquiera se interesan por las necesidades reales de la empresa o de los mismos clientes. No sé, yo también estoy pensando en dejarlo...

—¡Eh, para el carro! Pero ¿qué dices? —le cortó Joaquín—. ¿Qué te crees que es la empresa? ¿Las Hermanas de la Caridad? Mira mi banco. Comparado con aquello, lo tuyo es una balsa de aceite...

Joaquín había dejado la empresa inmobiliaria en enero y había conseguido un puesto de comercial en el Banco Norteño. En otras ocasiones ya había comentado el ambiente agresivo que existía entre los comerciales del banco, pero no le daba más importancia.

—¿A mí qué más me da el banco y los otros comerciales? —siguió Joaquín, algo exaltado—. Si me apuras, ¿qué más me dan los clientes? Mientras piquen, es suficiente. Esto funciona así, te lo digo yo que llevo varios meses en esto. Si vendes más que la media de los comerciales de tu categoría, te dan unos puntitos, que vas acumulando. A final de año, te dan más o menos *pasta* según los puntitos que tengas, ¿entiendes? De lo que se trata es de conseguir esos malditos puntitos…

—¿Y eso no crea mal rollo entre los comerciales? —preguntó Tomeu con interés.

—No veas —contestó Joaquín—. Nos dividen las zonas y los clientes para que no nos mordamos entre nosotros, pero aun así hay tortas por todos lados. La gente no es tonta y sabe cómo derivar a su zona una venta, si le interesa. También se forman grupitos entre comerciales para hacerse favores entre ellos y dificultar el trabajo a los demás…

—¡Menuda selva! —exclamó Daniel a la vez que movía la cabeza de un lado a otro—. ¿Y a ti te gusta trabajar así?

—Qué quieres que te diga —respondió sinceramente Joaquín—. Al final te acostumbras a la basura y a todo. Yo ya me he acostumbrado. En todo caso, esto es mejor que la inmobiliaria. Aquello era un cementerio. Y yo prefiero la selva al cementerio…

Siguieron un rato discutiendo sobre el tema. Tomeu aconsejó a Daniel que esperara al siguiente proyecto y que no pensara en el tema hasta las vacaciones de verano. A partir de entonces, la conversación cambió hacia los distintos planes de vacaciones. Tomeu dijo que sus planes de Cuba se habían esfumado y que aún no sabía qué iba a hacer. Joaquín comentó que tampoco le sobraba el dinero y que prefería ahorrar. Seguramente iría con sus padres a Salou y luego ya vería. Acabaron pronto la charla porque Daniel y Tomeu tenían que comer pronto para llegar a la graduación de Elena.

Capítulo 8

Ese sábado a media tarde era la graduación de Elena. Allí estaba toda su familia. Daniel y Tomeu habían sido invitados y, por petición de estos, también Irene. En un momento, al final de la ceremonia, Daniel explicó a Pablo por encima su problema con International y quedaron para verse el domingo por la tarde.

Acabada la cena familiar en un restaurante conocido del paseo de Gracia, los cuatro jóvenes —Elena, Daniel, Tomeu e Irene— salieron hacia la plaza de Cataluña para disfrutar la noche. Elena estaba feliz, y su alegría se contagió a los otros tres, que por un tiempo olvidaron los problemas de la empresa. Las dos chicas ya se habían conocido meses atrás, en una fiesta en casa de Joaquín. Cuando contaron a Elena la situación laboral de Irene, ella se comprometió a pasarle datos de algunas empresas que buscaban gente. Elena estaba en pleno proceso de entrevistas, pero aún no tenía una oferta que le gustara.

Caminaron por el casco antiguo, lleno de turistas aunque aún no había comenzado la temporada de verano. Finalmente se sentaron y tomaron un refresco en la plaza del Pi, con su iglesia gótica iluminada al fondo. Los tres de International contaron cantidad de anécdotas y tonterías que habían vivido en los últimos meses: que si los *mandriles* hacían esto y entonces los *ilusos* contestaban con aquello...

Tomeu estaba especialmente simpático, más de lo habitual, que ya era bastante. Y no había bebido nada fuera de lo común. Fue entonces, en la plaza del Pi, cuando Daniel se dio cuenta de que Irene le pegaba una patada a Tomeu por debajo de la mesa, mientras le hacía un pequeño guiño... Eso no lo solía hacer Irene. No con él, al menos.

Fue una noche inolvidable. Entre otras cosas, Tomeu e Irene empezaron a salir juntos a partir de entonces. Sin embargo, Daniel tenía otros problemas, y necesitaba hablarlos con Pablo. El domingo por la tarde, como habían quedado, se encontraron en el mismo bar de la otra vez, enfrente de casa de Elena. Daniel se había traído una libreta de tamaño folio para tomar notas. De hecho, tenía unas cuantas páginas escritas y había dibujado un esbozo del círculo del talento como el de Pablo, pero estaba lleno de correcciones y tachaduras. Se había pasado parte de la mañana pensando en el tema.

—¿A ver qué has escrito? —le pidió, curioso, Pablo, al tiempo que le cogía la libreta—. Veo que lo has trabajado bastante —continuó tras mirarlo un rato.

—Para mí que el problema tiene que ver con la dirección por objetivos, pero no he sabido muy bien cómo seguir —reconoció Daniel señalando el círculo—. En la facultad la tienen idealizada, pero cada vez me doy más cuenta de que la DPO, la dirección por objetivos, tiene sus limitaciones...

—No lo dudes —respondió secamente Pablo—. ¿Qué limitaciones has visto? —preguntó a Daniel. En ese momento llegó el camarero con los refrescos: una horchata para Pablo y una limonada para Daniel. Mientras el camarero dejaba los vasos, Daniel repasaba mentalmente los últimos meses en International.

—No sé cómo explicarlo, pero es como una mezcla de libertad y esclavitud: los objetivos te dan libertad, porque los puedes conseguir como quieras; pero te esclavizan, porque no están abiertos a otras necesidades —siguió Daniel una vez que se marchó el camarero.

—¿Qué quieres decir? —insistió Pablo para tirar de sus pensamientos.

—A ver... Te pongo un ejemplo. Cuando Irene y yo necesitamos que nos echaran una mano, nadie nos ayudó y no pudimos cumplir nuestros objetivos. Al no cumplirlos, también retrasamos a los demás. Pero el sistema no fomenta que nadie resuelva ese problema. No era parte de «sus» objetivos, ¿entiendes? Sólo Tomeu, y con gran sacrificio por su parte, nos echó una mano...

—Ya veo —dijo Pablo, asintiendo con la cabeza—. Vamos a ver si reconstruimos el círculo con estas experiencias. ¿Te cuadra si en el lugar de conocimiento ponemos «retos»? Es decir, en la dirección por objetivos nos proponen unos retos, no sólo unas tareas que cumplir, como ocurría en el círculo del talento dependiente.

—Sí, parece razonable —contestó Daniel—. En International nadie nos dice tú haz esto y lo otro, sino: estos son vuestros objetivos y tenéis este tiempo para alcanzarlos. Y te lo tomas como un reto. Es más, te sientes tratado con dignidad, no como un vulgar subordinado que no piensa ni tiene ideas...

—¿Cómo dices que te sientes tratado en la dirección por objetivos? —preguntó Pablo.

—No sé... —dijo Daniel mientras pensaba—. Yo diría que te sientes como un profesional. Eso, como un profesional: una persona responsable, en la que tu jefe puede confiar.

—Perfecto —siguió Pablo—, luego escribamos «profesional» en el lugar donde antes pusimos subordinado. Sigamos. La actitud, que en el talento dependiente era reactiva, aquí es... —Y dejó sin acabar la frase.

—Proactiva —finalizó Daniel—. Y tan proactiva… —continuó, después de pensar un rato
sobre su propia experiencia—. No necesitas que
te digan nada. Tú mismo te mueves, le echas
tiempo. Hasta dejamos los partidos de *squash* y
empezamos a trabajar los fines de semana… Y no
es sólo el tiempo. Tienes los problemas en la cabeza, le pones iniciativa, hablas con los demás de
ello. Casi puede convertirse en una obsesión…

—Claro —asintió Pablo con una sonrisa—.
Es que la actitud es algo muy poderoso: cuando
tienes una actitud proactiva respecto a algo, no
hay quien te pare…

—Ya —repuso Daniel—. Pero ¿no hay algo
malo en ello? ¿No puedes perder…, no sé, la
perspectiva, o algo así? Mira a Tomeu: tenía tan
metidos sus objetivos en la cabeza que casi fue
incapaz de ayudar al equipo cuando lo necesitá-
bamos. Y los otros, ni te digo: no movieron un
dedo. No sé. Esto de la actitud proactiva es un
arma de doble filo…

—No puedes tener más razón. La actitud
proactiva no es la actitud óptima. Pero eso ya lo
veremos más adelante. Ahora sigamos —dijo Pablo, y escribió la palabra «proactiva» en el lugar
correspondiente. Luego continuó—: A ver, Daniel. La otra vez reconociste que, en Texisa, te
aburrías como una ostra. ¿Te aburres también en
International?

—¿Aburrirme en International? ¿Estás loco? —contestó rápidamente Daniel—. Pero si es imposible. Para empezar, no hay tiempo de aburrirse. Pero es algo más: es divertido porque lo vas creando tú, porque no te dicen cómo has de hacerlo todo. Has de experimentar, preguntar, lanzarte...

—Así que no sólo te motiva lo extrínseco al trabajo (la zanahoria o el palo, ¿te acuerdas?), sino también lo intrínseco: el trabajo en sí. Por eso podemos poner en el lugar correspondiente estas dos motivaciones —concluyó Pablo, y escribió las dos palabras en la hoja.

—Cuando las personas tienen una motivación no sólo extrínseca, sino también intrínseca, desarrollan lo que llamo el *talento independiente*.

Pablo escribió estas palabras en el lugar correspondiente.

—Un talento independiente —continuó diciendo— es la persona con capacidad de iniciativa y creatividad para llevar a cabo los objetivos que se le proponen. Los talentos independientes saben arriesgar, y tienen la energía y la capacidad de trabajo necesarias para conseguir lo que quieren. No se quejan ni se excusan comparándose inútilmente con los demás, porque saben que sus objetivos dependen de su trabajo y de su esfuerzo. Son talentos que buscan el éxito personal y, por tanto, quieren que se les reconozca cuando consiguen los objetivos que se habían pactado.

—¿Sabes que estás describiendo al típico consultor? —le cortó Daniel casi riéndose.

—No sólo a los consultores —contestó de inmediato Pablo—. También a muchos directivos, que aunque tratan a su gente como subordinados, y por tanto, crean talentos dependientes, ellos mismos son tratados como profesionales, por objetivos, y desarrollan talento independiente. Pero, de nuevo, el problema es el *feedback*. Los objetivos se miden por comparación, ¿sabes?

—La verdad es que no sé por dónde vas... —reconoció Daniel; se bebió el último sorbo de limonada y dejó el vaso sobre la mesa—. ¿No te referirás a que los objetivos de un año se ponen en comparación con los del año anterior?

—Bueno, eso también es cierto. Esto explica que la gente tienda a cumplir los objetivos pactados sin pasarse mucho, pues los objetivos del año siguiente serán aún más elevados que los resultados de este año. Por lo que, una vez cubierto un objetivo, de tantas ventas, por ejemplo, tratarán de pasar las ventas pendientes al próximo ejercicio... Pero no me refería solamente a esta comparación. Lo que quería decir es que un objetivo es alto, tiene valor, si pocos lo consiguen; en cambio, cuando todos lo consiguen, parece que aquel objetivo era demasiado fácil —aclaró Pablo. También él se terminó la horchata, y siguió—: Esto hace que, a veces, no sólo te interese conseguir tu objetivo, sino también que los demás no consigan el suyo... Si uno vende cien, eso no significa nada a no ser que los demás sólo vendan noventa y cinco. En ese caso, el que vende cien es el rey. Pero ¿qué harás si ves que otro va a vender ciento cinco y puedes ponerle la zancadilla? Aquí de lo que se trata es de sobresalir, de romper la cinta en la carrera de cien metros, de ganar.

Daniel lo miraba absorto, pero iba asintiendo como si, de pronto, todo estuviera muy claro. Aprovechando un silencio de Pablo, Daniel dijo, sin parar de asentir con la cabeza:

—Esto se parece bastante a lo que nos contaba Joaquín sobre su banco. Allí lo que cuenta no es hacerlo bien, sino vender más que la media. Para los que no tienen escrúpulos es un sistema que funciona. Me pregunto cuánto se tarda en perder los escrúpulos. Parece que Joaquín, en pocos meses, ya se está acostumbrando...

—La presión es bastante fuerte —continuó Pablo—. Es un esquema agresivo por naturaleza, que produce gente muy motivada... para lo suyo. Es un esquema peligroso, realmente. Y, como muy bien dijiste al principio, no acaba de ser eficiente...

Pablo intentó beber un poco más de horchata, pero se dio cuenta de que ya se la había bebido toda. Entonces volvió a dejar el vaso y siguió:

—Cuanta más presión pongas sobre un sistema de dirección por objetivos, crearás un talento más independiente. Y luego te puedes llevar sorpresas, porque el talento independiente no es leal a la empresa: lo es a sí mismo. Aunque, tal vez, eso sea mejor que la falsa lealtad que se crea con el talento dependiente que, en el fondo, es miedo a perder el puesto de trabajo. Sí, a pesar de que es menos seguro, es mucho mejor tener talento independiente. Pero, efectivamente, tiene sus limitaciones...

Pablo escribió la palabra «comparación», y puso el título del nuevo esquema: el círculo del

Figura 3. El círculo del talento independiente.

talento independiente (figura 3). Luego dobló la hoja y se la dio a Daniel.

Daniel empezaba a entender lo que le había estado rondando por la cabeza en los últimos días. Pablo lo acababa de plasmar en aquel papel doblado... Pero ¿qué solución había? O tenías talentos dependientes o independientes. ¿Había acaso otro posible tipo de talento? Debía de haber un talento más cooperativo, menos individualista. Pero ¿cómo conseguirlo? ¿Existía alguna forma de crear realmente verdadera lealtad a la empresa?

—¿Y si ponemos objetivos de grupo? Esto debería forzar a los más individualistas a cooperar... —dijo finalmente Daniel tras un silencio que Pablo no había querido cortar.

—Esa sería la solución fácil —contestó Pablo—. Muchos directivos quieren forzar la cooperación de ese modo. Pero la cooperación no se puede forzar: nace espontáneamente cuando se crea una nueva identidad. Si la gente va a la suya, un objetivo de grupo es muy peligroso, porque la gente quiere que se le reconozca su trabajo individual. Y cuando uno del grupo no trabaje tanto como yo y cobre el mismo bono de grupo, me voy a enfadar. Y la próxima vez diré: pues que trabaje su padre...

Daniel asintió y preguntó a continuación:

—Y ¿cómo se crea una nueva identidad?

Pablo miró el reloj. Era tarde.

—Eso lo veremos otro día. Tal vez cuando hayas tenido alguna otra experiencia más enriquecedora —contestó, e hizo el gesto de levantarse de la mesa. Pero Daniel le cortó:

—Una sola cosa más, ¿puedes?

—Adelante —asintió Pablo, y se sentó de nuevo.

—Estoy pensando en dejar International. La verdad es que con lo que ha pasado con Irene y..., ya sabes: a ese Andrés no lo aguanto. Además, después de lo que me has contado, necesito encontrar un directivo más completo que un simple *ponedor* de objetivos. ¿No conocerás por casualidad a Jorge, mi antiguo jefe, que está ahora en una empresa de juguetes? Él sí era un buen jefe.

—¿Jorge Palau? —preguntó Pablo con una sonrisa, y continuó—: Pues claro. Le di clases en el MBA. Se graduó hace cinco o seis años... Es bueno. Sí, me acuerdo de él. De hecho, no le digas esto a nadie, pero que sepas que yo le aconsejé que se marchara de International...

Daniel le miró con la boca abierta.

—¿Sois amigos? —dijo finalmente.

—Sí, claro —contestó Pablo—. Ya te lo he dicho: es un buen tipo. ¿Por qué no hablas con él? Tal vez tenga algún hueco en su empresa o conozca a alguna que necesite a alguien como tú.

Él tiene muy buena impresión de ti, por si no lo sabías...

Daniel se quedó pensativo y un poco fuera de juego tras las últimas palabras de Pablo. Finalmente, este se levantó y dijo a Daniel:

—Eh, esta vez pagas tú. Te toca...

Daniel volvió repentinamente a la realidad y se levantó también. Luego, metiendo el papel doblado en la libreta, dijo:

—Muchas gracias, Pablo. Guardaré este papel como oro en paño en una carpeta azul donde ya he ido archivando tus otras ideas. Así no las olvidaré. Y hablaré con Jorge. ¿Cómo se llamaba la empresa? —se preguntó Daniel a sí mismo—. Exitosa, sí. Así se llama la empresa de juguetes de Jorge. Me encantaría trabajar con él. Realmente era un buen líder. Él sí supo formar un equipo...

Cuando dejaron el bar era casi de noche. Daniel tenía que pasar por casa y salir rápidamente hacia el aeropuerto. Cuando llegó, ya le esperaban Tomeu e Irene. Daniel estaba tan excitado con sus nuevas ideas que no detectó durante un buen tiempo la transformación ocurrida en los dos amigos. A media cena, en el aeropuerto, Irene se lo dijo.

—Daniel, ¿sabes?, Tomeu y yo estamos saliendo...

Daniel estaba bebiendo un refresco en aquel

momento y el vaso se le movió lo suficiente como para mojarse un poco la camisa. Tomeu reaccionó con una carcajada, mientras Daniel e Irene se ruborizaban levemente. Pero sólo duró un instante. Enseguida los tres estaban riendo. Daniel se levantó y dio un beso a Irene.

—¡Felicidades! No sabes cuánto lo siento... —le dijo, y guiñó el ojo a Tomeu.

Capítulo 9

Julio fue un mes intenso. Irene se quedó con el grupo hasta que acabaron el proyecto, es decir, hasta mediados de julio. Daniel habló con Jorge a principios de mes y, en una semana, este le hacía una buena oferta para trabajar en Exitosa a partir de septiembre. Tomeu se quedó, en pocos días, sin sus dos amigos y con un jefe al que odiaba.

Por suerte, Jorge —que conocía el problema— habló con un antiguo compañero de International, que llevaba el mismo proyecto en Francia. A finales de mes, Tomeu era traspasado al grupo francés. Andrés no puso muy mala cara al perder a tres consultores de repente. De hecho, para la siguiente fase del proyecto necesitaba menos gente y tuvo que desprenderse de algún consultor más. Se notaba, sin embargo, que tenía una espina clavada con lo de Irene...

Daniel trabajó hasta finales de julio. Sus amigos de International le hicieron una pequeña despedida en Barcelona, el viernes. Por la noche, habían quedado los cuatro amigos para cenar y celebrarlo. Fueron a un restaurante de comida tradicional catalana, en el barrio de Gràcia. Se sentaron a una mesa con tapete a cuadros rojos y blancos y, enseguida, les trajeron un porrón de vino tinto, una panera de pan untado con tomate y una bandeja con taquitos de butifarra y fuet. Daniel estaba contento por haber dejado la empresa y por contar con todo un mes de vacaciones. Era prácticamente el doble de lo que iba a disfrutar Tomeu, que el lunes salía hacia Francia para trabajar todavía un par de semanas más.

—¿Cómo va lo del trabajo? —preguntó Tomeu a Elena—. Me dice Irene que no está tan fácil la cosa...

—Bueno, la verdad es que no he tenido suerte todavía —contestó Elena con aire de despreocupación—. Tal vez he estado buscando en un campo demasiado concreto y debería empezar a mirar otras cosas.

—Yo creo que ese no es el problema —interrumpió Daniel—. Ya lo hemos hablado otras veces. No es un tema del sector, sino que es un problema más amplio. Tal vez ocurra más en publicidad que en otros sitios, pero yo no estaría tan seguro.

Daniel se refería al sector de la publicidad, que era donde Elena quería trabajar. Había hecho entrevistas en un par de empresas, pero al final no la habían seleccionado.

—Las dos veces me han dicho lo mismo: «Nos gusta tu perfil y buscamos personas así.

Pero aquí necesitamos gente entregada, ¿entiendes?» —contó Elena—. En una de ellas tuve una entrevista con una directiva de diseño gráfico. En un momento, como de modo confidencial, me dijo: «Mira, aquí hay que escoger entre trabajo y familia. Me refiero a las mujeres, claro. No está escrito. Nadie te lo va a exigir formalmente. Pero sólo tienes que mirar a tu alrededor. Si tienes un hijo, estás perdida...».

Tomeu la miraba con los ojos muy abiertos, como si no pudiera creer lo que oía. Irene le dio un codazo mientras le recriminaba:

—Es que no os enteráis de nada...

—Bueno, vamos a mirar la carta, porque si no, no empezaremos nunca —se defendió Tomeu como pudo.

La cena siguió por otros derroteros. Tomeu contó sus primeras impresiones del grupo francés y de lo atrasados que iban en el proyecto. Creía que podía aportar mucha experiencia, tras un año trabajando en el tema. Daniel dijo que quería descansar bien durante el mes de agosto, que haría *windsurf* y saldría con los amigos.

Ya en los postres, Irene anunció que tenía una buena oferta en una empresa multinacional de informática con base en la zona industrial de la comarca del Vallès, en la provincia de Barcelona. Pero no era seguro. Tenía que hacer una entrevista más. En todo caso, no comenzaría hasta septiembre. Los cuatro amigos pidieron cava para celebrar el final de un curso lleno de aventuras. Hubo varios brindis: por que Elena encontrara trabajo, por la entrevista de Irene, por el viaje a Francia de Tomeu, por el nuevo trabajo de Daniel...

Agosto pasó muy rápido. Daniel recuperó el color de años anteriores, tras largas mañanas haciendo *windsurf* con los amigos. Tomeu volvió exultante de Francia. Había mucho trabajo y el grupo que tenía era buena gente, empezando por el jefe. Irene consiguió por fin el trabajo en el departamento comercial de una empresa de *software*.

A finales de mes, Pablo puso a su hermana en contacto con una empresa multinacional de publicidad. Allí Elena pudo hablar con gente muy valiosa, en especial con un par de directivas muy respetadas profesionalmente y... con hijos. Salió de aquella visita muy ilusionada. Le contestarían algo pronto, a principios de septiembre.

Llegó septiembre y Daniel se presentó a trabajar en Exitosa. La empresa, fundada en los años sesenta, había fabricado sus propios juguetes hasta hacía unos diez años. Ahora era puramente comercial, y vendía a todo el mundo, sobre todo en Europa y Latinoamérica. Los juguetes se fabricaban en Valencia, Portugal y, en buena medida, en China.

La experiencia de Daniel en Texisa y en Portugal con International le fue de gran ayuda para comprender algunos problemas con los fabricantes. Por eso Jorge lo había contratado como adjunto suyo para la gestión de proveedores. Se encargaría principalmente de coordinar el seguimiento y la calidad de los pedidos a los fabricantes, que en aquel momento llevaban tres personas (una para cada país proveedor).

A las pocas semanas, cuando Daniel ya se había hecho un poco con el trabajo y empezaba a conocer las características de los distintos fabricantes, Jorge metió a Daniel en el proceso de diseño de un nuevo producto que tal vez lanzarían durante la campaña del año siguiente: una moto de carreras de unos veinte centímetros que se deslizaba sobre una pista a través de unas escobillas especiales.

Los comerciales llevaban tiempo reclamando aquel producto, pero se había descartado varias veces por problemas técnicos. Con la llegada de Jorge, el tema volvió a resurgir. Jorge montó un equipo de desarrollo de producto formado por tres *ingenieros* —personal del departamento de ingeniería—, dos comerciales y Daniel, como representante de fabricación.

Al principio, Daniel se sintió fuera de lugar en aquel equipo de veteranos de la casa. Algunos llevaban trabajando más de veinte años en Exitosa. Sin embargo, lo acogieron muy bien y, desde el principio, empezaron a contar con su opinión. Sabían que, si querían lanzar el producto para las Navidades del año siguiente, tenían que tener el prototipo listo en tres meses, es decir, a finales de año.

Se pusieron a trabajar con gran intensidad, reuniéndose dos o tres veces por semana. Enseguida surgieron las dificultades: cómo se podía colocar el motor sin casi espacio, qué tipo de material hacía falta para ciertos recubrimientos, cómo mantener estabilizada la moto al tomar las curvas...

—Daniel, ¿has averiguado quién nos podría hacer esta carcasa? —preguntó Enrique, el ingeniero que hacía de jefe de equipo.

Llevaban casi un mes en el proyecto y habían hecho ciertos avances. Daniel había propuesto un par de ideas que resultaron ser cruciales: la inclinación de la moto al tomar las curvas y la posibilidad de mover la rueda delantera (en lugar de una moto rígida, como se pensó al principio).

Sin darse cuenta, Daniel se convirtió en la mejor fuente de información de lo que quería el mercado, pues había sido un experto de niño en este tipo de juegos y además le gustaban las motos. Sin embargo, se daba cuenta de que le faltaba experiencia en el campo de fabricación. Esto le inquietaba, aunque en realidad no podía quejarse porque recibía bastante apoyo por parte del equipo y estaba aprendiendo mucho con ellos.

—No sé. No parece que los chinos se quieran lanzar a hacerlo a los precios que estamos barajando. Eran mi mejor baza... —respondió Daniel algo desanimado.

—¿Y los de Portugal? —siguió Enrique—. No podemos avanzar sin asegurarnos que lo que diseñamos es fabricable, ¿entiendes? Que no nos pase como aquella vez que inventamos un avión con unos alerones que luego no se podían sujetar y se rompían el primer día...

—Tal vez podría echarte una mano —intervino Ignacio, uno de los comerciales, dirigiéndose a Daniel—. Si te parece, hacemos unas llamadas esta tarde y mañana nos vamos a ver a los valencianos, que a esos los conozco yo y me viene de paso. Con un poco de suerte, para el lunes tenemos una respuesta. Mientras, los demás podéis trabajar en lo de las escobillas.

Todos estuvieron de acuerdo con la propuesta de Ignacio, y Enrique dio por terminada la reunión.

Las llamadas dieron su fruto y al día siguiente Ignacio y Daniel visitaron varios moldeadores de plástico ubicados en las cercanías de Valencia. Finalmente dos de ellos estuvieron de acuerdo en hacer unas pruebas a precio razonable. El lunes siguiente pudieron seguir avanzando. Los principales problemas entonces eran el peso y la estabilidad. Los técnicos hicieron varias pruebas, pero los resultados no acababan de ser los esperados. Tal vez tuvieran que volver al principio, a los modelos sencillos y rígidos.

A finales de noviembre, el equipo estaba cansado e indeciso, y preguntaron a Jorge qué debían hacer. Jorge se pasó una mañana entera con ellos analizando alternativas. Para Daniel aquello fue toda una lección de entusiasmo y tozudez. Jorge hacía preguntas y escuchaba atentamente. Fue escribiendo en una pizarra distintas posibilidades. En ningún momento dijo que no a alguien o a algo, sólo preguntaba, escuchaba, escribía y animaba. Parecía inaccesible al desánimo, y no paró hasta encontrar una salida.

—¿Y qué pasaría si intentásemos de nuevo el diseño de Enrique con un tipo de motor distinto? —preguntó finalmente Jorge después de agotar muchos otros caminos. Enrique tomó la palabra:

—Pensábamos en aprovechar el motor que ya tenemos en otros modelos, por cuestión de tiempo.

—Ya —replicó Jorge—. Pero ¿qué pasaría si tuviéramos un motor, digamos, la mitad de pesado?

—No lo sé —contestó Enrique—. No lo hemos probado todo.

Entonces otro ingeniero levantó la mano con cierto nerviosismo y dijo:

—¿No habíamos hecho unas pruebas hace un par de años con un motor ultraligero para unos tiburones, que luego no lanzamos? Yo tengo aún guardados algunos motores de esas pruebas...

El equipo se puso de nuevo a vibrar con la nueva posibilidad. En una semana se hicieron unas pruebas que resultaron bastante prometedoras, aunque aún no del todo bien. Se hicieron unos retoques en las escobillas, se aumentó algo el tamaño de las ruedas y... ¡funcionó! Daniel tuvo que renegociar los cambios de última hora con los fabricantes, pero finalmente, antes de Navidad, el proyecto estaba terminado.

Daniel estaba agotado, pero se sentía realmente feliz de haber participado en aquel equipo. Había aprendido mucho de ellos y con ellos. Había dado un gran salto también en la relación con los fabricantes, en especial con los valencianos, con quienes había tratado más directamente. Pero, sobre todo, había experimentado la potencia del trabajo en equipo: lo que se puede hacer cuando varias personas cooperan hacia un mismo fin.

El 23 por la mañana, la dirección de Exitosa se reunió con el equipo para ver las pruebas finales con los prototipos que se habían acabado la semana anterior. Las pruebas salieron muy bien y Jorge felicitó a todos los que habían participado en el proyecto. Enrique quiso agradecer la ayuda de Jorge cuando estaban estancados en noviembre, pero, con un gesto, Jorge le cortó y siguió exponiendo los planes del proyecto para la nueva temporada. Acabó diciendo que la dirección había aprobado dar fiesta al equipo el viernes 27, lo cual significaba un buen puente, casi unas vacaciones...

Al día siguiente, Jorge llamó a Daniel a su despacho. La dirección había aprobado consolidar el departamento de fabricación, que en aquel momento llevaba directamente Jorge, ayudado por Daniel. Habían decidido ascenderle a director del departamento, al mando de los representantes nacionales y de una secretaria que empezaría a trabajar en enero en exclusiva para el departamento.

A partir de enero, Daniel se integraría en el comité directivo de la empresa, que se reunía los lunes por la mañana para tomar decisiones sobre toda la compañía. Jorge añadió que Daniel recibiría un aumento de sueldo acorde con la nueva posición directiva. Luego se levantó y le tendió la mano para felicitarle. Daniel no se podía mover de la silla... Jorge tuvo que rodear la mesa para llegar hasta él y darle un abrazo.

Capítulo 10

Aquel trimestre había sido intenso para los tres amigos de Daniel. Elena había conseguido el empleo en la multinacional de publicidad y estaba feliz. Tenía, como jefe, a la directiva que le había causado tan buena impresión en la primera entrevista. Y, a medida que la conocía más, mejor impresión tenía de ella. Tenía unos cuarenta años y tres hijos. Algún fin de semana la había invitado a su casa. Realmente era brillante como profesional, pero sobre todo era excepcional como persona. El trabajo era importante para ella, pero antes estaba la familia. Entraba a trabajar temprano, a las ocho en punto. Su marido llevaba a los niños al colegio. Y luego salía también puntual, a las cinco, para recoger a los niños. Era una madre llena de cariño, y aquello se notaba también en la empresa. En su despacho tenía una foto de su familia que miraba a menudo. Elena había aprendido mucho aquellos meses trabajando con ella.

También a Tomeu le habían ido bien las cosas. En París se había hecho rápidamente el rey por su experiencia, a pesar de que su francés era más bien malo. Pero a los franceses les divertían mucho sus errores gramaticales, que Tomeu exageraba a posta. Aunque al principio pasaba casi todo el tiempo en París, a partir de noviembre pudo volver varios fines de semana, para estar con Irene.

Irene tuvo un trimestre más bien tranquilo, dentro de lo que es empezar en una empresa. Estaba con otras dos personas en el departamento comercial. Allí diseñaban algunas promociones y estrategias de venta de los distintos paquetes informáticos de la empresa para España y Portugal. Su conocimiento de Portugal hizo que se dedicara especialmente a esta zona. Hizo algún viaje a Lisboa y también a París, para ver a Tomeu. Estaba contenta con el trabajo y con la gente de la empresa.

Llegó Navidad. Como cada año, Daniel había hecho el pesebre la noche anterior ayudado por su hermano pequeño. Por la mañana, después de misa, habían tenido la comida familiar. Luego tuvo lugar la tradicional tertulia interminable con villancicos e historias de los abuelos. Por la noche, llamó Elena para felicitar la Navidad. Daniel aún no había podido decirle lo del ascenso y se emocionó un poco al contárselo. Elena se puso tan contenta que consiguió que Daniel se emocionara aún más, a pesar de que él, por dentro, se decía que no era para tanto y se recriminaba el haberse emocionado. Elena se lo contó a Pablo, que estaba al lado del teléfono, y este se puso un momento para felicitar también a Daniel.

—Bueno, esto es un ascenso fulgurante... —dijo Pablo después de felicitarle.

—Estoy seguro de que Jorge lo tenía planeado, pero no me había dicho nada, el muy... —respondió Daniel.

Entonces Pablo le hizo una propuesta:

—Creo que ahora eres capaz de completar el último de los círculos del talento. ¿Nos vemos mañana por la tarde y lo discutimos?

—Sí, claro —contestó Daniel—. Creo que sé por dónde vas. Le daré unas vueltas por la mañana y lo vemos luego, ¿OK?

—OK. Te pongo con Elena, que me está quitando el teléfono. Felicidades de nuevo. Mañana me cuentas más y vemos lo del círculo.

A pesar del cansancio del día, Daniel no tenía sueño aquella noche. Pensaba en el nuevo círculo del talento. Puso encima de la mesa los esquemas anteriores, que tenía guardados en su carpeta azul, y empezó a darle vueltas para ver cómo encajaba cada elemento con su nueva experiencia.

Al día siguiente, a primera hora de la tarde, los dos amigos estaban sentados a la misma mesa del bar que en las conversaciones anteriores. Esta vez habían pedido ambos un batido de chocolate caliente, que apetecía puesto que la tarde era bastante fría.

—Hay partes que no sé qué nombre darles, pero la idea está clara —empezó a decir Daniel mientras desplegaba un papel en el que había dibujado el famoso círculo del talento. Tenía algunos nombres escritos y varias anotaciones en cada parte del esquema.

—Yo diría que mi equipo en Exitosa tenía también un reto, pero no era un reto personal, como ocurre con los objetivos. Era, más bien, una misión, una responsabilidad ante los demás y ante toda la empresa —continuó Daniel.

—Creo que la palabra «misión» recoge muy bien la idea —corroboró Pablo, y continuó—: Así como el reto es una tarea, pero es algo más que una tarea, una misión es también un reto, pero es algo más. La misión es más grande que el reto porque tiene una repercusión más amplia. Mientras que el reto es algo personal, la misión afecta a los demás: a un grupo, a una empresa, o a la sociedad en general.

Daniel asintió y dijo:

—Luego puedo poner en el lugar del conocimiento la palabra misiones, ¿no?

—De acuerdo —contestó Pablo.

—Ahora toca cómo interpreto mi papel ante la misión que se me encomienda. Te digo cómo me he sentido durante estos meses con el proyecto: como un miembro del equipo. No estaba solo ante el peligro, como pasaba en International. Me sentía apoyado y, en cierto sentido, parte de algo más grande que yo. Se formó entre nosotros un no sé qué, una relación, o algo parecido —intentaba explicar Daniel. Pablo estaba de acuerdo y concluyó:

—Esto es lo que hace unos meses te decía que había que conseguir: crear una nueva identidad. Parece que habéis desarrollado una identidad como equipo, y cuando esto ocurre la gente colabora sin contar los favores ni exigir igualdades que, de hecho, son absurdas. Precisamente la fuerza del equipo radica en que cada persona aporta conocimientos y experiencias muy distintas.

—¿Y cómo se forman estas identidades? ¿Crees que Jorge tuvo algo que ver? La verdad es que él no aparecía prácticamente nunca en las reuniones —preguntó con interés Daniel.

—Estoy seguro de que este equipo se ha creado, precisamente, gracias a Jorge —empezó a contestar Pablo—. La identidad de un equipo no se crea a base de horas de asistencia del jefe. Primero hay que crear una misión capaz de ilusionar, es decir, que realmente sea importante para la empresa y que entrañe cierta dificultad, pero que sea factible. Luego se ha de buscar a la gente adecuada para esa misión. Después es necesario dejar que surja de dentro un compromiso común respecto a la misión y una confianza mutua entre los miembros del equipo, sin establecer obstáculos como, por ejemplo, objetivos que pongan el acento en la recompensa en lugar de en la misión. Y, por último, hay que estar muy atento a las necesidades del equipo: recursos, información, ideas y, sobre todo, el entusiasmo de la gente.

—Si es así, estoy de acuerdo con que Jorge ha sido fundamental para crear el equipo. Ya te he contado cómo animó constantemente a todos y se preocupó de que todos tuvieran el tiempo y los recursos necesarios para hacer su cometido. Y cuando estábamos más estancados, se arremangó y consiguió darle la vuelta al problema... Bueno, lo hicimos nosotros, pero digamos que él mantuvo la fe en el proyecto y puso un poco de orden en el proceso hasta analizar todas las posibilidades.

Dicho esto, Daniel escribió la palabra «miembro de equipo» en el lugar correspondiente.

—En actitud, he puesto que es cooperativa —continuó Daniel, señalando el cuadro—. Es una actitud que va conmigo, pero lo curioso es que no la había puesto en práctica, en realidad, hasta ahora. Diría que es como la actitud proactiva, pero poniendo tu iniciativa y creatividad al servicio de los demás. Yo creo que si nuestro equipo funcionó fue porque todos tenían esta actitud cooperativa. No veas lo que me ayudaron los demás con lo de los fabricantes, en especial al principio. Llega un momento en que no sabes ya qué papel tenías originalmente. Yo acabé aportando necesidades del mercado como si fuera un comercial de toda la vida...

—Sigue, sigue, que vas bien —se limitó a decir Pablo.

—Aquí me encallo un poco con lo de las motivaciones. Está claro que las anteriores no desaparecen, me refiero a la extrínseca y la intrínseca. No sabía lo de la promoción, pero, en fin, estaba haciendo un trabajo por el que me pagan. Si no me pagaran, tal vez hubiera seguido con mi *windsurf*... Así que hay motivación extrínseca. Y también intrínseca, porque me lo he pasado en grande y he aprendido un montón. A posteriori, casi hubiera aceptado el trabajo sin cobrar. Y, por supuesto, prefiero esto a lo de Texisa, aunque me pagaran lo mismo. O sea que hay una motivación distinta por el trabajo en sí. Pero también hay algo más que no sé ni cómo explicar, y mucho menos ponerle nombre. —Daniel se calló en espera de la ayuda de Pablo.

—Bueno, vamos a ver —empezó a decir Pablo sorbiendo un poco de batido, ya templado después del rato que llevaba en la mesa—. ¿Podrías decir que esa motivación *extra* tiene algo que ver con la misión? —preguntó.

—Bueno, sí. Diría que lo que motiva es formar parte de algo, contribuir de alguna manera al cumplimiento de la misión —respondió Daniel tras una corta pausa en la que repasó su propia experiencia.

—Exacto. Es una motivación muy común. De hecho, es la motivación más común que tenemos, y también la más fuerte. Pero también es la más profunda y muchas veces la gente no tiene oportunidad de experimentarla por culpa de cómo es dirigida —indicó Pablo. Daniel hizo un gesto para indicar que necesitaba ir más despacio y pidió a Pablo que se lo volviera a explicar—. Tal vez lo veas más claro con un ejemplo —siguió Pablo—. Imagínate que, en enero, Jorge te ofreciera la posibilidad de trabajar en otro departamento, en el lugar que más te gustara, y con un sueldo aún mayor al que tendrías después del aumento que te han prometido. ¿Lo aceptarías?

—Me imagino que sí —contestó Daniel algo perplejo.

—Es lógico —continuó Pablo—, porque las motivaciones extrínseca e intrínseca serían más altas en este hipotético trabajo. Pero ahora imagínate que Jorge te pone una condición: que antes de volver a casa, cada día, te has de sentar en una silla y ver cómo unos encargados de la empresa destrozan todo tu trabajo. ¿Lo aceptarías ahora?

—¿Cómo voy a aceptar un trabajo que no sirve para nada? ¿Estás loco? —respondió, convencido, Daniel.

—Esto es lo que quiero explicarte. No escogerías un trabajo que no sirviera para nada aunque te pagaran más y te gustara más. De modo que la motivación de contribuir en algo que valga la pena es más fuerte que las otras. Esa es la motivación que no sabes explicar muy bien y que, aunque está siempre presente, muchas veces permanece enterrada por el sistema de incentivos y por el modo de dirigir de bastantes directivos. Es una motivación que aparece cuando te identificas con un grupo, o con la empresa, o con la sociedad. Es la motivación a colaborar con otros en una misión que vale la pena. Y, recuerda, es la motivación más fuerte que existe...

Daniel le miraba en silencio. Había comprendido el ejemplo y, con él, su propia experiencia. Ahora intentaba que se le quedara grabada la explicación en la memoria para no dejar que le enterraran más esa motivación, ni ayudar a enterrar la de los demás en el futuro.

—¿Y cómo llamas a esa motivación? —preguntó finalmente Daniel.

—Bueno, le podemos llamar motivación *contributiva*. Otros le llaman también trascendente, porque lo que motiva trasciende a la propia persona: la misión, el servicio a los otros, contribuir a algo más que a tu propio beneficio extrínseco o intrínseco. Puedes poner motivación contributiva, si quieres —contestó Pablo.

—Vale —dijo secamente Daniel mientras escribía la nueva palabra en la hoja. Cuando acabó, continuó—: Y ahora, el talento. La verdad es que he pensado bastante, pero no encuentro una buena palabra. ¿Qué puede haber además de talento dependiente o independiente? —preguntó.

—Yo lo llamo *talento interdependiente*. —Pablo bebió un poco y continuó—: Un talento interdependiente es la persona capaz de utilizar su iniciativa y creatividad en colaboración con otros al servicio de una misión, que trabaja buscando la mejora de la organización en la que se encuentra, que es un jugador de equipo. Jugar en equipo requiere toda la iniciativa y energía propia de los talentos independientes, pero, además, requiere humildad para no buscar el éxito personal (y a veces, sacrificarlo por el bien del equipo), saber pensar en los demás (en sus necesidades, en sus posibilidades) y una cierta capacidad de adaptación para trabajar al ritmo que el equipo necesita en cada momento. Sólo las personas con una actitud cooperativa y una fuerte motivación contributiva son capaces, con el tiempo, de desarrollar este talento.

—Pues te puedo asegurar que los de mi equipo ya lo tenían bastante desarrollado cuando yo llegué —confesó Daniel al recordar su experiencia en Exitosa—. Creo que eso me ayudó mucho también. Si vieras cómo se adaptaron a mi paso y me apoyaron para salir adelante... Su comportamiento fue realmente ejemplar y lo hicieron como quien no quiere la cosa, como lo más natural del mundo. En cambio, con un equipo de talentos independientes me hubiera hundido. Y luego, cuando las cosas no salieran, seguro que me hubieran echado toda la culpa a mí...

—Es lógico —cortó Pablo—. El talento interdependiente busca lo mejor para la organización, para el equipo, y no sólo su éxito personal. De hecho, su éxito personal lo obtiene sobre todo con el éxito de la organización. Es lo que ocurre con un buen jugador de fútbol que se identifica con su equipo: aunque haya metido un gol, no estará muy feliz si su equipo pierde la final del campeonato; y, al revés, no le importará no haber metido el gol si su equipo es campeón.

—Ya veo adónde vas —continuó Daniel mirando el dibujo del círculo del talento aún por terminar—. La acción del talento interdependiente busca la mejora de la organización. Y al final produce mejores resultados que el talento independiente.

—Bueno, yo no diría que mejores o peores.

Eso dependerá de muchos factores. Pero sí te puedo asegurar que el talento interdependiente da el máximo de su potencial, según sus capacidades. Así como el talento dependiente busca el mínimo esfuerzo para cumplir las órdenes, y el independiente se ajusta a lo pactado para recibir su recompensa, el talento interdependiente contribuye lo mejor que sabe, porque está comprometido con la misión de la empresa. Por eso, sería absurdo evaluarlo sólo con puntitos por encima o por debajo de la media, como me contaste que ocurría en el banco de tu amigo. Un buen líder puede estar descontento con una persona que haga más que la media, si esa persona tiene la experiencia y la capacidad de ser el número uno. En cambio, puede evaluar positivamente a alguien que está por debajo de la media si acaba de empezar y progresa a buen ritmo... Lo que importa es cómo contribuye cada persona a la misión de la empresa de acuerdo con sus posibilidades, y cómo la empresa apoya a la gente para que sea cada vez más capaz. Esto último es lo que ahora se llama *coaching*.

Daniel se quedó pensativo mientras bebía un poco de batido y luego observó:

—Oye, esto es un tema que se da a nivel de toda la empresa, ¿no? Parece que la gran mayoría de personas en Exitosa son talentos interdependientes, mientras que en International abundan los independientes y en Texisa, los dependientes...

—Así es —respondió Pablo—. Puede haber excepciones por la personalidad de algún directivo o de algún subordinado, pero la cultura hace mucho... Si la cultura de la empresa se fija sólo en los errores, promociona el talento dependiente. Si provoca la comparación con objetivos competitivos, es lógico que se multipliquen los talentos independientes. Una cultura que facilite la creación de talentos interdependientes enfatiza sobre todo la misión de la empresa y se preocupa de desarrollar a las personas para que participen cada vez más y mejor en esa misión.

—¿Y cómo se crea una cultura interdependiente? —preguntó con curiosidad Daniel.

—Bueno, eso depende —dijo Pablo mientras pensaba un poco mejor la respuesta—. Cambiar una cultura siempre es difícil y lleva tiempo. En general, las empresas medianas y grandes requieren la ayuda de sistemas que fomenten los comportamientos deseados, como lo que ahora se llama la *dirección por competencias*. Mientras que la dirección por objetivos se centra en los *qués* (qué consigues), la dirección por competencias mira también los *cómos* (es decir, los comportamientos).

—En International tenían un sistema de competencias —cortó Daniel con una mueca de desencanto—, y la verdad es que no tenía mucho impacto en la cultura...

—Sí, lo sé —continuó Pablo—. Puede que los mejores sistemas en ocasiones no sirvan para nada, e incluso que hagan daño cuando se utilizan mal. El problema es que en muchas empresas evalúan las competencias como si fueran objetivos más refinados y luego los retribuyen según el esquema tradicional de la DPO. En realidad, no han dejado el paradigma de la DPO. Esto, en lugar de facilitar una cultura cooperativa, produce una cultura aún más agresiva. Para eso casi sería mejor que se olvidaran de las competencias... La verdadera dirección por competencias no mide comportamientos para evaluar el pasado, sino sobre todo para diagnosticar áreas de mejora y desarrollo en el futuro. Y, además, está basada en valores, que son los *para qués* del sistema, los valores de la cultura que queremos crear o reforzar. Pero esto daría para otra tarde, así que tal vez sea mejor dejarlo aquí.

Pablo acabó de escribir los nombres que quedaban en el cuadro y se lo devolvió a Daniel (figura 4).

Pablo miró el reloj. Era tarde. Sin embargo, Daniel tenía una última pregunta:

—Y yo, ¿cómo puedo crear a mi alrededor, con mi gente, talento interdependiente? Dicho de otra manera: ¿cuál es el secreto de Jorge?

Figura 4. Ciclo del talento interdependiente

—Mira, Daniel, yo diría que, al final, todo se resume en una idea —respondió Pablo después de una pequeña pausa—. Liberas talento a medida que tratas a las personas más de acuerdo con lo que son. Al pasar de talento dependiente a independiente liberas talento porque, en lugar de tratar a las personas como máquinas, les devuelves algo que les pertenece, que es la libertad, la capacidad de tomar decisiones. Dar a cada persona la libertad que puede administrar no es sencillo, porque depende de cada caso. Sería imprudente que un niño de cinco años decidiera el colegio en el que va a estudiar, pero también sería nocivo que los padres decidieran por el chaval su carrera universitaria...

—Entiendo —dijo Daniel, y terminó de be-

berse el batido—. Se trata de dejar tomar las decisiones que pueden ser tomadas a cada nivel. Creo que esto refleja perfectamente a Jorge. Él tomó la decisión de lanzar el nuevo proyecto, pero nos dejó a nosotros decidir cómo hacerlo, aunque hubiera sido muy fácil para él entrometerse e imponer su opinión.

—Exacto. Este es el primer paso para liberar talento —continuó Pablo, que también se había acabado su bebida—. El segundo paso es desarrollar en las personas el sentido de responsabilidad para realizar una misión que va más allá de sus propios objetivos. Entonces liberas aún más talento, el que estaba enterrado en el talento independiente. Cuando diriges dando a cada persona la libertad que puede administrar y desarrollas su sentido de responsabilidad, estás tratando a las personas como lo que son: seres libres y responsables. Entonces liberas el máximo talento, que es el talento interdependiente.

Daniel asentía a los últimos comentarios y, de pronto, con una sonrisa, se dirigió a Pablo:

—Eh, un momento… ¿Tú has tenido antes esta conversación con Jorge, no?

—Pues claro. ¿No te he dicho que somos amigos? —respondió Pablo; le devolvió la sonrisa y se levantó de la mesa—. Anda, vamos, que se me hace tarde —dijo Pablo, y llamó al camarero.

Pagaron sus bebidas y salieron del bar.

Mientras cruzaban la calle hacia la casa de Pablo, Daniel le agradeció el tiempo que le había dedicado.

—La verdad es que tus círculos ayudan a poner orden en las ideas. No sabes lo que me has aclarado las cosas. Ahora ya me siento capaz de empezar a dirigir a otros.

—Bueno, bueno —se rió Pablo, y le dio una palmada en la espalda, como en los viejos tiempos—. Una cosa es la teoría y otra la práctica. Es cierto que, a veces, una buena teoría es lo más práctico. Pero no es suficiente. Ahora te toca a ti poner en práctica lo que hemos ido hablando estos meses. Estoy seguro de que te saldrá muy bien. Te conozco...

Epílogo

Pocos minutos antes de medianoche del 31 de diciembre, Elena, Daniel, Irene y Tomeu estaban sentados en una pequeña mesa de la sala donde habían ido para celebrar el fin de año. Frente a ellos, a varios metros de distancia, había una pantalla en la que proyectaban las imágenes de la Puerta del Sol en Madrid. Tenían las uvas preparadas para las doce campanadas. Los cuatro amigos hablaban bastante alto para conseguir oírse por encima del barullo general de la fiesta.

—Cómo pasa el tiempo, ¿verdad? Parece que fue ayer cuando nos graduamos —comentó en tono solemne Tomeu.

—Pues yo entonces ni te conocía —dijo, divertida, Irene mirándole de reojo.

—Y Daniel ya es todo un directivo... —recalcó con cierto orgullo Elena.

—Bueno, eso es lo de menos. Ya veremos cómo va —dijo Daniel quitándole importancia.

—¿Es cierto que Pablo te ha explicado cómo ser un buen directivo? —preguntó Tomeu con un tono desconfiado—. Ya nos contarás, porque nosotros también necesitaremos tu secreto tarde o temprano.

—Bueno, algún día os lo explicaré. Pero os costará algunas cervezas...

Los cuatro se rieron y, en aquel momento, empezaron a sonar las doce campanadas. Mientras comía las uvas a toda prisa, Daniel pidió en su interior a Dios que fuera capaz de vivir lo que tenía tan bien guardado en su carpeta azul...

Otros libros de Empresa Activa

El emprendedor visionario

Allen profundiza en la importancia del reparto de beneficios con los empleados, en el valor de un equipo humano motivado y en la necesidad de una perspectiva integral y espiritual de los negocios. El emprendedor Visionario combina ideas de la espiritualidad de Oriente y Occidente junto con consejos prácticos para el desarrollo de cualquier negocio y concluye que la misión de un empresario debe mantener el equilibrio entre gestión y satisfacción personal para ser fuente de éxito auténtico y duradero. Este es un libro de gran profundidad dirigido a aquellos que ven en los negocios una forma de desarrollo personal y un camino para crear un entorno más feliz.

Visítenos en la web:

www.empresaactiva.com